終業式

姫野カオルコ

目次

終業式

この本では、登場人物が何をしたのか、どこで何があったのか、すべてが手紙のなかに秘められています。それを解くのは読者です。手紙やメモ、FAXの一つ一つにどのような想いが託されているのか、感じとるのも読者のあなた自身です。

第一章　制服

PART I

二組の佐伯さんのことだけど、さっき入手した最新情報によると、結局、三日間の謹慎処分になったんだって。内密の処分だって。

体育祭のあとは、やっぱ、みんなドキがムネムネでコーフンしてるみたいで、去年だって三年の水上さんのグループがああだったでしょ。それで先生たちも、おおむねは体育祭のあとはジケンが恒例みたいにわきまえてるらしいんだけど、佐伯さんの場合は他校の生徒もからんでたし、白昼ドードーな上に、マッチじゃなくてチルチルミチルを持ってたことがマズかったみたいよ。常習って見られたみたい。

ミックが佐伯さんとわりに親しいんで、ミックから聞いたんだけど。ミックは昨日、佐伯さんと会って、そのときは佐伯さん、ジーパンにサボ・サン履《は》いてたって。新しく買ったんだって。度胸すわってるよね。わたしだったら、こんなジョーキョー下で服や靴を買いにいく気になれないけど……。やっぱ学年で二番の人はちがうんだなあってミョーに感心しちゃった。

二番、ってとこがカッコいいよね。なんかさ。一番じゃなくて、二番、ってのが、なんかさ、余裕で頭イイっていうかさ。静岡大も保証つきだったんでしょ？　佐伯さんて。これからどうするのかなあ。他人《ひと》ごとながら心配してしまいました。

今日はこれから漢文をかたづけなくてはならないんで、またネ。

ユーコへ　　　　　　　　　　　　　　　　悦子

謹慎ですんだんならいーんじゃないの？　学校休めていいなー。なーんちて、いけないよね、こんなこと言っちゃ。佐伯さんて宮越中から来たんだっけ？　宮越ってウチには少数派だよね。なんで静高に行かなかったのかなあ。ま、いいや。それより、水上さんから手紙が来たの。

早稲田《わせだ》で自主映画サークルに入ったんだって。写真もついてた。髪、ショートにしたみたい。あの人、目鼻だちがはっきりしてるからすっごい似合ってるの。神田さんは同じ。センターわけのセミロング。あいかわらずモナリザに似ている……。

Ｂｙ ｔｈｅ ｗａｙ、文化祭、どーする？　平光さんは例年どおりＤＪリクエスト大会でいいって言うけど、文化祭でリクエスト大会しても意味ないと思うんだよね、私は。もっと昔の時代ならさあ、放送部が生徒にリクエストしてもらって曲をかける、っていうのも意味があったのかもしれないけど、今はもう、ってカンジしない？　リクエストは昼の校内放送でやってんのに、なんでまた文化祭でもしなくちゃいけないのかな、って。

物理部はフィーリング・カップル5対5をするらしいよ。カンちゃんが言ってた。装置を今から作るんだって。そんで、カップルのできる確率を式にしてた。それがスゴイの。Σ《シグマ》を使って式にしてあった。私、Σってもう見るのもイヤ。一学期で終わってくれてホッとしてたのに。関数のほうがまだマシ。

でもさ、入江のじーさんってのがなあ……。私、ニガテなんだよね、あの人。好きだっていう人もいるじゃない。ホントはいい人とかさ。ひいきしないとかさ。でも、部分点くれないし、ケチだし、授業中、問題ばっかり解かせるから、なんかよくわかんなくなっちゃう。そんでわかんないとこ質問にいくと口がくさいから、教えてくれてもよく聞いてられないんだよね。

じーさん、なんて言ってるけど、まだ若いんだよね、たしか。なんであんなにジジイみたいなLooksなのかな。そんなわけで、数Iは好きだったのに数IIBになってから坂道をころげおちるがごとく数学がキライになってしまった私なのだった。

そーだ。カンちゃんが、入江のじーさんのあてかたを解明したんだよ。あたる人の出席番号をXとして、その日の日付の数をPとして、X＝n（P－1）なんだって。nは1から10までを順にくりかえし、Xが3ケタになった場合は下2ケタ。五組も四組もきっと同じ式でOKだと思うよ。

カンちゃんの活躍のおかげで、あたる人は教科書レーダーをまわしてあらかじめ対処してる。入江のじーさんは最近、急にみんな正解するのでちょっとふしぎがってる。数IIBなんか、なんでこの世にあるんだろうか。こんなもん、買い物するときに必要だと思う？　服買ったりアイス買ったりするときにさあ、sin《サイン》とかcos《コサイン》とか考えて買ってる人なんかいないよー。

　でも、文化祭の前に中間試験あるしね。やだなー。でも、これから私は『赤い疑惑』を見なくては。百恵ちゃんはそんなに好きではないが、一回見るとつづきが気になる連続ドラマの悪魔性。テレビって、録画しといて、あとで見られるような機械ができるといいのにね。

　それでは。

　エッコへ　　　　優子

　ただいまチャンドラ先生の世界史。実況中継すると、前席（佐藤くん）、右席（バスケのマネージャー）、とんでとんで右席（水戸のコーちゃん）、左席（ミック）、ななめうしろ席（鈴木さん。あ、貴佐子さんのほうョ）、全員スヤスヤであります。

おーっと、チャンドラ先生のど真ん前、最前列（ここが都築《つづき》くんなのダ）までボートを漕《こ》ぎはじめました。

「1077。カノッサの屈辱。ハインリヒ、破門赦免《しゃめん》を教皇に出す」

わたしのノートはここで終わっている……。

実はわたしも眠っていて、さきほどハッと起きて、自分のノートを見たら、「教皇」のあとくらいから字がぐにゃぐにゃっとなってて、そのあとはなんでかしらないけど、「ゼリーは体によい。泥棒が狙《ねら》っていた」

と書いてある。なんだろうね、これ。自分で見て笑っちゃったよ。いつのまにか黒板にはいっぱい字が書いてある。BUTもう写す気がしない。

チャンドラ先生は、先生やめて催眠術師になるべきだ。世界的な催眠術師になれるであろう。保証する。

あー、最前列の都築くんが本格的にうっぷした。チャンドラ先生、かまわず。都築くんのとなりの浜口ちゃん、都築くんをシャーペンでつついてる。その、つつき方がイヤ。なんかかわいっぽくつつくんだもん。ヘンケンかな、わたしの。

最前列はどんな夢を見てるのかな。人の夢のなかをのぞけたらおもしろいだろうね。

P／S　都築くんて、中村雅俊に似てない？　顔とかじゃなくて、フンイキが。

遠藤優子サマ　　　　三時間目にて　悦子

悦子のノート、カンちゃんから受け取り。うちの六組が今、世界史になっちゃった。チャンドラ先生、催眠術施術中。この先生、話し方ももごもごしてるし、顔つきも催眠術師みたいじゃない？ 金田一春彦に似てない？ 目がどこにあるのか、どこを見てるのかよくわかんない顔。

カンちゃんも死人みたいに机に顔をふせているし、島木くんなんかいびきかいてる。れいこちゃん（サッカー部の新マネ）なんかチャンドラをパーペキにシカトして毛糸編みしてるョ。なに編んでるのかな。れいこちゃん、都築くんにアタックするって言ってたよ。悦子もぼやぼやしてないで、なにか行動をおこしなさい。都築くんは悦子のような子のほうがきっと好みだと思う。なんとなく。

都築くんと中村雅俊？ 悪いけど、全然似てないと思うわ。悦子の美化じゃないの？ 都築くんってもうちょっと暗いと思うなー。一見、明るそうだけど、ちょっと樹村《きむら》みのりの漫画してるとこがあると思う。

ところでノートはここでやめます。because 物理の予習。昼休みに部室でね。

悦子へ　　　　四時間目にて　優子

昼休みの発言はちょっとＩ　ｗａｓ　ｖｅｒｙ　ｓｕｒｐｒｉｓｅｄ。

わたしは都築くんのこと、気になるには気になるけど、今のところはスイート・スチューデント願望のほうが強いんだよね。優子はちょっと決めつけすぎてるように思った。ゴメン。もしこの言い方が傷つけたとしたら。

ユーコさま

五時間目にて　悦子

前略。今は夜中の一時です。セイヤングを聞きながら書いてます。ツェッペリンの夜間飛行。私はツェッペリンよりディープ・パープルのほうががぜん好き。こないだジャケットにひかれてＥＬ＆Ｐの、ほら例のあのガイコツのやつ買ったんだけどさ、つまんなかった。やっぱりディープ・パープルにしとくんだったー。

えー、さて。昼休みの話ですが、都築くんのことね、決めつけてるかな？　失敗。そうかな？　だって好きなんでしょ？　好きって気持ちをごまかしちゃいけないと思うよ。悦子のノートには一回は都築くんが登場する。好きでもない人を、こんなに登場させる？　話してても一回は都築くんが出るよ。

都築くんは中学校のときからいっしょだったんだよね、私は。転校してきて、なんかしらないけど、担任の先生が私にいろいろ教えてやってくれって頼んだの。クラス委員だったからさ。
それでっていうのもナンだけど、都築くんは悦子みたいなのが好みだと思うよ。それだけ。そう思っただけ。だからって悦子がS先生のことを好きでもいいと思うし。今はS先生のほうに夢中なんだったら、どうぞ、がんばって、って言いたかったの。それだけだよ。That's all.
S先生にぴったりのあだなをつけた。モジリ兄貴。モジリアニみたいに顔がハンサムで（本物ほどではないが）、絵の話が好きだから。そんで臨教で大学院在籍中だから兄貴。うまいでしょ？　だめ？　モジリ兄貴。いーと思うけどなー。
じゃ、もう寝るよ、私は。

エツコへ　　　　　　　　　　　　優子

さっきモジリ兄貴先生でした。今は木村おじさんのリーダーです。木村先生は浜口ちゃんのこと、ロコツにひいきする。ま、木村先生からひいきされててもうらやましくはないけどネ。ちょっとお気の毒なくらい。でも浜口ちゃんってさ、男の先生から好かれるよね。数学の入江じーさんも好きなんだよね、彼女のこと。いつもべったりべたべたして浜口ちゃんのそばに寄るんだもん。

モジリ兄貴先生も、なんか、そうみたい。なんか、わたし、男は先生も生徒もみんな浜口ちゃんのことが好きみたいに思われてなんない。異常かなあ。

正直に言います。嫉妬《しっと》してるんだと思う。浜口ちゃんのこと。すごくスタイルいいし顔もかわいいし、なんかしぐさとか、そういうもんすべてが清純派ってかんじするし、きっと家でひとりでいるときだって、清純派に徹して生きてるような気がして……。彼女と比べると自分が汚い人間のような、ドロドロした人間のような気がしてならない。

モジリ兄貴先生だって、浜口ちゃんのような生徒となら、危険な恋をしてみたいと思っちゃうんじゃないかな。

なんだかかなしくなってしまった。

ユーコさま　　　　　　　　　　　　　　二時間目にて　悦子

二時間目からかなしくなるなよー。いつもエツコって直前まで思いつめて、行動しないのね。そんなことしてるとあぶはちとらずになっちゃうよ。

あ、STOP。ちょっとヤバいんで、ここでやめ。ではまた。

エッコへ

ユーコ

島木くん、解答のやつ、返して。後ろからまわせ。

遠藤

悪い。さっき七組のピッケに貸した。遠藤の番、もうすんだと思って。

島木

エッコさま、お元気でいらっしゃいますでしょうか。私は最悪です。入江じーさんはバッチリ、応用問題の一番最後の、一番難しいやつ、当ててくださって、島木はピッケにアンチョコ貸してしまってるし、もー、式の途中までで、give up。イヤミっぽいよねー、入江じーさんって。この問題は解答する生徒を選ぶぞ、だってさ。

もーいやっ、てカンジ。最悪の火曜だった。

島木のやつー、まったく考えが浅いんだから、もう。なんで私が終わったと思うのよ。信じられない判断力。ハラがたってネオロール一個とコーヒー牛乳、おごらせたわよ。んっとに、あのバカ。おかげで私が恥をかいた。

でも、購買部で、島木くんが言ってたんだけどさ、浜口ちゃんて、ほんとに男好きする人なのね。

彼に言わせると彼女は、優等生っぽく見えるけど、けっこう不器用なとこがあってヌケててかわいいんだって。

グランドでサッカー部が練習してたら、浜口ちゃんが通りかかって、そのときボールが彼女のほうへとんでっちゃったんだって。それほんとは、島木くんと都築くんが、

「お、浜口だぜ。ボールぶつけちゃえ」

って、わざとボールをとばしたそうな。

でもボールはさいわいにも浜口ちゃんにはぶつからなくて、

「珠美《たまみ》ちゃーん、ボール蹴《け》ってーン」

って島木くんが言ったんだって。この先は彼のことばどおりに再現するけど、

「ほっときゃいいのに浜口はバカ正直に蹴ったわけ。それがヘタでさあ。ほんのちょこっとボールかすっただけで、あいつ、すっころんだの。

さすがにおれも都築も、ほかのクラブのやつもあわてて走ってってさ。都築が浜口

の手を持って起こそうとしたら、平気だもんっ、だって。真っ赤になってて、ドジというかなんというか、あいつのそういうヌケたとこ、かわいいよなー」

だってさ。バッカみたい。ほんっっっっっっっっっっっっとにバッカみたい。なんでこんなことでダマされるんだろうねえ、ほんとにねえ。バッカみたい。

ああ。嗚呼《ああ》。アア。Ah。もうほんとにバッカみたい。嗚呼大馬鹿也哉。なんでこんなことに……もうナサケナイったら情けない。

ボールぶつけちゃえって男子から自分が思われてること、浜口ちゃんってぜったいわかってると思う。ボールを男子からぶつけられる、ってどういう意味なのか、わかってるし、「ボール蹴ってーン」と言われることも、どういう意味なのか、ぜったいわかってると思う。それで、失敗して「平気だもんっ」って口をとがらせることが男子にどう映るか、もっともっとわかってると思う。

すごいよなー。すごい。いやー、すごい。すごい。おそれいりました。

悦子はもっと素直にアタックしてね。好きな人だけに好かれたらそれでいいじゃない。男子全員に好かれる必要はないよ。全員に好かれる役を受け持つのは、きっと神様がこの人だってお決めになった人だけなんだよ。

そうだよね、きっと。役割の分担ってのがあるんだよ、きっと。

そんな気がする。そんな気がする午後でしたー、ってだれの歌だったっけかね。

エッコさま　　　　　　　　　　　　　　　　　　優子

拝啓。

ウッドストックのおまじないを知っていますか？

スヌーピーのシリーズにでてくる黄色いあの鳥、ウッドストック。あの鳥のぬいぐるみをフェルトで手作りして、なかに願いごとを書いた紙をつめると、願いごとがかなうのだといいます。

願いごとを書く紙は5×5の正方形。みどり色のボールペンで6回、書きます。それを小さくおりたたんで中につめるのです。

わたしはウッドストックを作りました。そして願いごとを書きました。

「先生とふたりだけで美術館へ行けますように」

これだけ。これがわたしの願いごと……。

斎藤先生、こんな手紙を突然に出してごめんなさい。でも、先生にとっては突然だったかもしれないけれど、わたしにとってはちっとも突然ではないのです。

去年、先生が濤西《とうせい》高校に赴任していらしてからずっと、わたしは先生に手紙を書くことを考えていました。

先生に習うまで、正直言ってわたしは現国がきらいでした。段落分けとか、難しい語句の意味テストとか、要旨を何字以内にまとめるとか、ぜんぜんおもしろくなくて……。でも、先生の授業は、一学期に出てきた小林秀雄のところでは、小林秀雄と中原中也《ちゅうや》の恋人のとりあいの話をしてくださったり、難しい語句についてもテストしないで、みんなで国語辞典をひいたりするので、とてもたのしく教科書を読むことができます。

それに、先生がときどきしてくださる絵の話がとてもおもしろくて、先生の絵のお話を聞いた日は、わたしは必ず放課後、図書館で美術全集を見てたしかめる、というか、思い出すというか、そんなかんじなのです。

先生になら自分の心のなかを話せる気がするんです。

わたしはけっこう愛想がいいというか、部活が放送クラブで、うちの学校の放送クラブって校内では華やかなクラブでしょう？ だからわたしも明るい性格だと思われてると思うんです。成績もまあまあのところだし、スタイルだってとくべつ太くもなければやせてもいず、みんなとだって仲よくて、佐伯さんみたいな問題を起こすこともありっこない。

つまり、わたしって、なんの問題もない子で、性格に暗い部分もない、って思われてると思うんです。

でも、ほんとはちがうの。

みんなが見てたり思ってたりするわたしは、うわべだけのわたし。ほんとのわたしは、みんなが思ってるようないい子じゃない。

　このあいだ、わたし、万引きしたんです。なにを盗んだと思う？　たかだかソックタッチ一個。ソックタッチなんて、180円だし、ママからはちゃんとおこづかいをもらってるんだから、買えるに決まってるんだけど、盗んでやろうって、なんだか、盗むことで自分で自分のうわべの顔を剝《は》がしてやるみたいに思った。

　家に帰ってから、万引きしたソックタッチを机の上に置いて、しばらくながめていてやろうと決心して、じーっとながめてた。

　スタンドだけの明かりのなかで、ソックタッチをじーっとながめてる女の子、しかも万引きしてきたソックタッチをながめてる女の子、それがほんとのわたしなんです。ソックタッチのケースに描いてあるイラストのアヒルがかわいくて明るくて、よけいにわたしをいらいらさせた。

　きっと、わたしもこのイラストのアヒルのように「明るくていい子」だとみんなに思われてるんだ。

　ほんとのわたしは、浜口さんに嘘《うそ》をつくような子なのに。

　浜口さんのこと、斎藤先生も好きでしょ？

　浜口さんはとくに国語の成績がいいし、すごくきれいだし。

　あの人とは、小学校のときからいっしょなんです。クラスもほとんどいっしょ。お姉さんがひとりいて、パパが楽器メーカーに勤めているところも、まるで同じ。おまけにパッチワークの会が、うちのママと浜口さんのママとは同じなの。

ただひとつちがうのは、浜口珠美はすごくきれいでかわいいってこと。ひとつだけのちがいだけど、すごく大きなちがい。

わたしは知ってるの。先生が難しい質問のときはいつも浜口さんをあてること。浜口さんならちゃんと答えられるからでしょ? 先生だけじゃないの。英語の木村先生だって浜口さんが好きなんですよね。

きっと浜口さんは根っから優等生で、根っから男の人に好かれるなにかを持っている人なんだと思います。でもわたしはそこまでいい子になれない。うわべだけいい子にしてても、そこまではなれないの。

だから、わたし、浜口さんにはノートを貸さなかった。数IIBの練習問題、ほんとはわたし、やってあったんだけど、やってない、って嘘ついた。だって、浜口さんならいくらでもノートを貸してくれる男の子がいると思ったから。

汚いの。わたしの心って汚いの。みんなから好かれる浜口さんのこと、とくに斎藤先生から好かれる浜口さんのこと、嫉妬してる。汚くて、わたしは自分がいやでたまりません。

だからこんな汚い心のわたしにはソックタッチを万引きするような行為が似合ってる。

ソックタッチをながめてたら、知らないうちに涙がにじんできました。

泣きながら、わたしは名前を呼んでいました。その名は、斎藤孝先生。先生の名前。わたしはちっともいい子じゃなくて、心のなかはドロドロ。でも、先生にならそのドロドロの部分を見せてみたいような気がする。きっと同級生の子供っぽい男の子なんかとちがって大人の知性で受け止めてわたしを叱《しか》ってくれるような気がする。だから、わたしは先生と、一度でいい。絵の好きな先生と、ふたりだけでどこか美術館に行きたい。そしていつまでもお話ししていたい。そんな夢を見ることを、わたしに許してくれますか、先生。

秋の雨の夜にて。

斎藤孝先生へ　八木悦子

(封筒に入れて糊《のり》づけし、引き出しにしまったもの)

濤西高校の生徒諸君! 体育祭も終わり、こんどは文化祭に向けて、若い胸をわくわく躍らせていることだろうと思います。どんな文化祭になるのか、ぼくも今からたのしみにしているところです。

生方《うぶかた》先生がまさかの交通事故にお遭《あ》いにならなかったら、大学院の研究室から出ることもなく、静かで単調な日々を送りつづけたであろうぼくですが、縁あって諸君の高校に臨時教員として赴《おもむ》くことになりました。

名古屋大学の大学院で専攻している中世日本語音声学は、毎日がひたすら古文書《こもんじょ》との向かいあい。黴《かび》くさい資料室で、

「はたしてこれが何か人々の役にたつのだろうか」

と、ふと思いつつも、もともとは好きで選んだ道ですから、力を入れすぎるとやぶれてしまいそうな古い資料のページを繰っていました。

そこへいくと、諸君といっしょにすごしてきたこの一年は、それまでの日々を「静」とするなら「動」です。

自分もたしかに高校生だった時代があったはずなのに、なぜかきみたちと自分の高校生時代が重なりません。

しかし、それはべつにいやであったり、気分を害したりするものではなく、若い世代の活力あふれるしぐさやことばにいつも新鮮な心地でいることができます。

ぼくはもうすぐ三十で、きみたちよりはひとまわりも年長です。現代国語なんていう科目は、答えがあってないような科目ですから、なんとかきみたちとうちとけたくて、授業中にはよく自分の好きな美術の話をしたりします。

小さいころは絵を描くのがとても好きな少年でした。自分の絵はうまいと思っていました。しかしながら、長ずるにつれ、自分の絵などすこしもうまくはないことがわかり、しだいに鑑賞専門になったわけです。

クラス担任をしている先生たちに頼んで、よくみんなの学級日誌を読ませてもらうのですが、そこの自由欄に書いてあることを読んでいると、ぼくはいつも、自分がまだ絵を描いていたころのことを思い出します。自分の絵はほかの人の絵とはちがう、と思っていたころのことを……。

そう、「自分はほかの人とはちがう」という思いが、若いころにはあります。いい意味でそう思っているのには大賛成なのですが、ときに若いころというのは、悪い意味でそう思うことがある。

なんだか自分は人より汚いんじゃないか、人より劣っているんじゃないか、とね。それがひどくなると後ろ向きな人間になってしまうんだけど、困ったことにティーンって時代は、周りに対して、自分は悪い子だと思わせたいような願望を持ちがちな時代でもある。

どんな人でも、学校や会社で見せる顔と、自分ひとりだけになったときの顔とはちがうのだから、自分だけが「悪い」とか「汚い」とかと考えないほうがいい。ぼくだって、うわべの顔と本当の顔はちがいます。

ただ、ティーンであるきみたちとちがって二十九のぼくは、そんな自分の二面性に、もうまごつかないだけなのです。

だから、まごついているであろうきみたちを少々うらやましく思ったりすることもあります。

その粗けずりな感性で、ぜひ文化祭はオリジナリティあふるる催しにしていってください。期待しているよ！

斎藤　孝

（校内新聞『生徒諸君へ』の項に寄せて）


読みましたよ。

読んだでございますわよ、モジリ兄貴の『生徒諸君へ』。

なんかー、ちょっとピンとこないっていうかー、へんなの、って思った。生徒とうちとけたいって言ってるわりに、生徒とは一線を引いてるぞ、みたいなとこなかった？

わたしは正直言って、ちょっと落胆してしまいました。ひょうしぬけしたっていうのかな。もっと、がつんがつん突っ込んできてくれる人だと思ってたんだけどなー。

ほんとはね、前にね、わたし、先生に手紙を書きかけたの。書いてるうちに出すつもりはなくなってきたから、もし先生と思いっきり話せたらこんなことを話すだろうな、ってifのもとに書いたの。そのときに思ってた先生はもっと、こんなこと書くような人じゃなくて、もっと、自分に対して門戸開放していてくれるような気がしてたんだけどな。

自分が汚いものに思わないほうがよい、って書いてあったけど、でも思える人はどうしたらいいのか、その答えがなくて、スッとひいてるみたいで、肩すかしされてるみたいだった。

もうモジリ兄貴のことはいいや、って思った。サーッとそう思った。

で、文化祭なんだけど、平光さんはあの調子では、そんなにDJリクエスト大会にはこだわってないんじゃないの？ 無難にすませたいだけで、ユーコがなにかいい企画を出せば、そいでもって出して頑張ってやってくれるんならそうしてください、ってカンジみたいだけど。

平光さんはなんであんなふうなのかな。平光さんにとっては最後の文化祭でしょう。そのうえ部長なんだから、ふつうの人以上に、記念となる文化祭なはずなのに、なんであんなにタンパクシツなのかな。

ミックは家庭クラブだからウチのほうには顔はあまり出せないって言ってた。大貫《おおぬき》先生はミックのこと頼りにしてるしね。大貫先生としては、ミックは放送部より家庭クラブのほうを当然、だいじにしてるって思ってるみたいよ。

でも、家庭クラブに賭《か》けてるのはホントは大貫先生だけなんだよね。こないだ家庭クラブの全国大会があって、その大会報告の会が講堂であったじゃない？ あれ、ユーコもわたしも欠席したでしょ？ 欠席した人、大貫先生、つけてて中間考査の点から15点ずつマイナスにするんだって。ねえ、どうする？　どうしようか？　謝りに行く？

ユーコへ

悦子

家庭クラブのことはほっとく。だって、欠席した人、すごく多いから、15点ずつマイナスにされても平均点が15点低くなるだけじゃない？　平気だよ。

私さあ、前々からふしぎだったんだけど、家庭クラブっていったいナンなの？

「家庭クラブ」の歌ってのがあるというのもなんだかワケわかんない。高校に入ったときから女子はこのクラブに自動的に入会することになってて、一年のときはさ、そりゃ、

「へー、そーなの」

ってくらいなもんだったけど、なんの説明もされたことないじゃない？　ただ家庭クラブっていうだけで……。『デリカ』と『フォアレディ』を販売してて、あんな本、いったいなんなの？　あんなの買うくらいなら『別マ』買うか『mc Sister』買うかしたい人のほうが多いと思うよ。へんなの。モジリ兄貴先生の校内新聞よりへんなの。

だいたい「家庭クラブ」って名前がナゾだよね。江戸川乱歩の時代かなんかの秘密結社みたいだし、男子は全然、知らないでしょ、家庭クラブなんか。男女差別だと思わない？　中ピ連の時代に。

「ワタシ作る人、ボク食べる人」の根性で成り立ってるようなフンイキの名前。へんなの。家庭クラブってのがなんなのか女子だってわかってないんだから、そりゃ、全国大会の報告会なんか欠席しちゃうよ。欠席なんて自主的なもんじゃなくて、あんなの、「知らなかった」とか「忘れてた」の世界だよね。大貫先生は、もう六十代でしょ。わかんないんだよ、女子が根本的に家庭クラブを理解してないってことが。

文化祭はミックは、じゃあ、そんなことなら家庭クラブでサンドイッチ作りだよね。家庭クラブの模擬店のサンドイッチは、でも、さすがにおいしいよね。具が多くてさ。

ウチらはどうしようか。平光さん、あの調子だからねー。いっそのこと演奏やる？　島木くんと都築くんは何人かでグループ組んで出るらしいよ。『なごり雪』歌うって言って、休み時間のたびに島木くんは練習してるんで、私としては、肝心の当日にはもうヘキエキしているのではないかと……。

そんじゃまた。

エッコへ

優子

PART II

やっぱり俺としては『なごり雪』ははずせない。これをはずしたら、なんのための出場かわかんなくなる。都築がミキちゃんが好きなのはさっき聞いてよくわかった。よくわかったが、キャンディーズの歌を俺にうたえっての？　いやだよー。そんなら都築がうたえよな。

五組から都築へ

シマ

いやだ!!　NO!!　俺だってべつにキャンディーズがうたいたいわけじゃないよ。ただ『なごり雪』はみんなやるだろうから、べつの曲のほうがいいんじゃないかって思うわけ。『レット・イット・ビー』のピアノ、丸暗記したんだろ、そのまま『時の過ぎゆくままに』も暗記しろよ。

島木へ

ツヅキ

今日、いろいろ話して、俺もいろいろ考えた結果、わかった。『なごり雪』は断念する。断念してやる。断念してやってもよいかな……。

そんで、浜口に『時の過ぎゆくままに』のピアノを頼んだ。

交換条件といってはなんだが、俺は浜口に頼んだんだから、加賀美《かがみ》先生はおまえが頼めよな。

都築へ

シマ

ガーン！

すっごーいショックな情報を入手したところデス。

三年の松平さんって、ユーコも知ってるでしょ？　アメリカンのキャプテンの。あのヒトと保健室の加賀美先生って『青い体験』の仲なんだって。保健室のベッド利用らしいんだって。

もう大ショック。水戸のコーちゃんが言うんだからホントなんじゃない。アメリカンだしさ。

大ショックも大ショック。コーちゃんから聞いたとき、お弁当箱落としそうだった。

べつに松平さんに憧《あこが》れてたとかそんなんじゃなくて、そんなことが保健室で行われているということがショック。

A～N、これからお腹《なか》痛いときでも、あのベッドで寝られないョー。

ユーコへ

五時間目にて　悦子

げーっ、って私も思ったけど……それ、ホントの話？

だって、加賀美先生については前々からその種のウワサが絶えなかったじゃない？

私なんか、

「加賀美先生は水上さんとレズだった」

ってウワサまで聞いちゃってるよ。その話、水上さんにしたら（卒業式の次の次の日くらい）、噴き出してたけど。

まあ、それは、水上さんが学園のマドンナ的な人だったし、そこへ加賀美先生の、あのなんというかバーのホステスみたいなファッションからくるイメージみたいなのがあわさってウワサの相乗作用を生んだんだと思うけどね。

加賀美先生って、私はわりに味方してあげてるんだけどな。女子は超嫌ってるけど、話すとそんなに気取った人じゃないよ。たんなるウワサだけかもしれないからそんなにショックを受けないように。

でも、ホントだったら「人はみかけによる」というかなんというか。保健室では男子が二千円出したらヤッてもらえるっていう、例のあのウワサもホントなのかなあ。

エッコへ　　優子

前略。加賀美先生。

文化祭がいよいよ近づいてきました。

さて、お願いがあるのですが、サッカー部と美術部とアメリカンと無所属の数人が集まって、文化祭で音楽を演奏することになりました。

グループの名前は「グラスホッパー」といいます。女子では二年四組の浜口珠美さんが参加してくれます。

加賀美先生は生徒たちにも人気があるし（とくに男子）、ぜひ「グラスホッパー」の一員として一曲だけでかまいませんので参加してほしいのです。お願いします。

草々

加賀美涼子《りょうこ》先生へ

二年四組　都築宏

島木くん、こんな手紙を書くことになるのはゴメンナサイなんだけど、先日、お引受けした文化祭でのピアノ演奏の件、やっぱりお断りすることにします。

お話を聞いたときは、できそうに思ってウンって言っちゃったんですが、軽率でした。ブラスバンド部でも発表があるし、部員の私としては、いろいろと当日はあわてていると思うので……。

ゴメンナサイ。

もし、加賀美先生が参加されるのでしたら、先生に頼んでください。

島木くんのグループの演奏がうまくいくように祈っています。

島木紳助さま

浜口珠美

平光さんのセンスの悪さは前からわかってたことだけど、こんどばかりはどうしたらいいのかわかんない。

『濤西高校・ウィークエンダー隊』

なんて、こんなのつけて校内を歩きまわれないよー。でも、本人は気に入っちゃってるから、どっから考えなおさせるか、わたしは見当つきません。

部会でも言ったとおり、ミックとユーコの案はすっごくいいと思った。レポーターになって、いろんな催しものを校内に放送すれば、今まで地味だった地学部とかにもスポット当たるし……。

だからミックたちの企画を聞いてるだけでわくわくしてきて、それで、わたしね、聞いてるとちゅうからもう、名前を考えてたの。

『We have come!』

っていうの。これをきれいにレタリングしてマジックで白のTシャツに大きく書いて、腕だけ「放送部」っていうの巻いて、そうやってレポーターしてまわったらすごくいいなーって。

それなのに平光ブチョーの、あの一声で、案を発言できなくなっちゃった。もう確信にみちた口ぶりだったでしょ？　いつもタンパクシツなのにさー。泉ピン子のものまねやザコバのものまねまでするんだもん。意外だったー。わたしは「ウィークエンダー」をあんなに熱心に見ている人が、この世の中に存在することにもオドロキました。

ぽかんとしてるミックやユーコの顔もおかしかった。

ユーコへ

今日はずいぶん時間をとらせて悪かったと思います。

でも、遠藤くんと話せてよかった。ぼくは三年だからこんどの文化祭で卒業してしまうけど、これまでにももっと遠藤くんと話せばよかったな、って思いました。

ぼくは一年のとき、はじめアメリカンに入ってたんです。でも、すぐに関節をいためてしまって、それで運動部はやめて放送部にかわったんです。

だから、基本的に、ちょっと放送部に対して、

「まー、こんなもんでいっかー」

みたいに思ってるところがありました。

文化祭にだって、そんなにとくべつな思い入れなかったし……。

ウチの高校って、他校のやつからよく言われるんだけど、すっごくみんな仲よさそうなんだって。静高のやつらなんかだと、もっと勉強でキュウキュウってかんじだし、北高だと規則とかがスゴイんだって。

その点、ウチら濤西高は、規則だって先生はそんなにうるさくないし、体育祭も文化祭も生徒にめちゃくちゃ自由にさせてくれてる、って。ぼくは、他校のやつから言われるまでそういうことを感じなかった。

悦子

言われてみると、そういや、ウチらのとこって不良っぽいやつはいるにはいるけど、それだってカッコだけで、ほんとの不良じゃないし、カツあげされたとかなんかされたって話も聞かないし……。こないだ遠藤くんの学年の女子の喫煙事件があったくらいが関の山でしょう。

そういや自分は恵まれてたんだな、って、なんだかこないだ思って、それでラストの文化祭に対しても、急に意欲がわいてきて……。

だから遠藤くんたちの意見、すごくうれしかったし、すごくいい案だと思ったし、ぼくとしてもがんばりたかったんです。だからレポーターに部員がなることについて、その名前がぼくの意見ではなくなったとしても、全然、腹をたてるとかいうことはありません。

今、受験やってて（一応、ぼくも受験だし、進学希望だし）、家がテレビを見るのにあんまりいい顔しないんで、それで、唯一《ゆいいつ》、あの番組だけ、なんでか見られるんですよね。たまたま見られるんです。それで、唯一のたのしみみたいになってて……。へんに思うかもしれませんが、ぼくの家は母がひとりなんです。食料品の店をやってて、姉とふたりで手伝わなきゃなんなくて、それで「ウィークエンダー」だけ、なんか休憩時間とタイミングがあうんで見られるんです。

今日は遠藤くんがあんまり気をつかってくれるんで、かえって悪かったです。ウイハヴカムというレポーター・グループの名前はとてもいいと思います。

文化祭ではみんなでがんばろうね。

遠藤優子様

平光真一

ユーコが昨日言ってたの、よくわかりました。昨日は「みんなにはいろんなことが隠れてるんだね」って言ったの、ちょっとピンとこなかったんだけど。

あのレタリングの字、すごくいいよね。平光ブチョー、美大とかに進めばいいのに。

ユーコへ

悦

平光さんはお店でポップをかいてるから慣れてるんだって言ってた。うれしそうで、なんか、よかったーって思った。

こんどのことでは、私はすごく思うところが大きかったです。

平光さんは部長なのに、なんで親睦会《しんぼくかい》のキャンプを欠席するのか、前はそういうことわからなかったけど、理由を言えなかった彼の気持ちを思いやることができなかった自分が恥ずかしい。

こんどのことで、そういう細かい配慮を学んで、レポーターをするときも活《い》かそうね。

それと、平光さんは美大じゃなくて公立か国立二期の教育学部の美術科があるところを受けるそうです。応援しようね。

似顔絵もじょうずだったね。とくに英語の木村先生がそっくり。女子のノートをのぞきこんでるところが笑えた。三年の教室でも同じことしてるんだね。加賀美先生も似てた。口紅の濃いところとか、マニキュアとか。

「あんなに爪《つめ》を長くしてる保健の先生なんて他の学校では見つけられないから、そういうめずらしい先生に出会えたということをラッキーだと思ってる」

って、平光さんは言ってた。おかしいね。島木くんの話では、加賀美先生は文化祭に出るそうです。

エツコへ　　優子

加賀美先生って子供が二人いるんだって。知ってた？

ユーコへ

悦子

えーっ。初耳。子供が二人いるのにあのファッションにあの化粧？

悦子へ

優子

水戸のコーちゃんから聞いたの。コーちゃんとこ、お父さんが指導主事じゃない？県の教育委員会の。そんで加賀美先生は、はじめお見合い結婚を北高の体育の先生として子供がいたんだけど、離婚して、それから私立行って、そこの先生と再婚したんだって。でもその先生はそこの女の先生と結婚直前だったのに、加賀美先生に狂って、破棄して、そんで再婚したんだって。そして子供ができて、それからウチに来たんだって。すごいねー。

加賀美先生って、ユーコの言うとおり、べつにわたしも嫌いじゃないの。気取ってるとかいじわるとかじゃないし。でも、なんか耐えられないものがある。うまく言えないけど……。加賀美先生にさわられると、思わず、あとで手を洗いたくなるような……。こんなこと言うと悪いんだけど……。なんか、衛生的ではないようなもの。すごくひどいこと言ってると思うんだけど……。ずっとお風呂《ふろ》にはいらなくても気にしないような人のようなかんじがしてならなくて、それが耐えられない。

　都築くんが手紙で頼んだというのを聞いてショックでした。なんか、まだ浜口さんのことを好きでいてくれたほうがましなような気がした。

　こないだ都築くんとちょこっとおしゃべりした。そのとき！

「処女にはない魅力がある」

　って加賀美先生のことを言ったの。わたしはすっごくびっくりして……。都築くんがこういうことを言うのがびっくりして、でも、なんだか、そのときの都築くんが大人っぽく見えてアセった。

　都築くんは男ばかりの二番目なんだって。それで、ずーっとお姉さんがほしくて、わたし、おねーちゃんがいるじゃない？　そのことをうらやましがってた。

　おねーちゃんって、そんなにいいもんじゃないのに。ウチのおねーちゃんはすごくイバるんだもん。もっとやさしいお姉さんだったらよかったのに。でも、まあ、仲はいいかな。ユーコはひとりだからさびしいだろうね。わたしが妹になってあげるよ。同い年だけど。そいじゃまた。

妹より

ユーコお姉さんへ

妹よ、そいじゃ手はじめにみそ汁を作ってもらおうかね。

じつは妹が、ほんとは私にはいたんだよ。今明かさるる衝撃の事実！　ってね。

私が小学校のときに病気で死んじゃったの。まだ三歳だったんだけど。今でもよく親は思い出して泣いてるみたい。

妹のことは私もよくおぼえてるんだけど（抱っこさせてもらったから）、思い出してもあんまり悲しくないの。ハクジョーなのかなあ。どうも、人形みたいなカンカクしか残ってなくて……。

都築くんは加賀美先生に理想のお姉さんを見ているのだろーか？　だとしたら、ずいぶんハデでケバいお姉さんだねー。

あっ、いいこと思いついた。ね、ね、文化祭のときは加賀美先生に独占インタビューをしない？　男子の聴取率バツグンになるのでは。ついでに浜口ちゃんにもやるとか。ブラバンにレポートしにきたようなふりして。イケる案だと思う。明日相談しよう。


わが死んだ妹の生まれ変わり（？）へ　　　　優子

優子さま。頼みがあります。わたしのことを「死んだ妹の生まれ変わり」というのはやめてくださいよ。怖いんだもん、なんか。怖い話、ニガテなんだから……。そんで山岸涼子先生の漫画も読まなくなっちゃったのに。昔は大好きだったのに、今、怖いんだもん。

それに加賀美先生の独占インタビューも賛成しない。やりたいならユーコひとりでやってね。わたしはパスする。

文化祭まであと一週間。がんばろうね。

ユーコさま　　　　　　　　　　　　　　悦子

さっき泣いてました。

なんだか泣けてしようがなかったのです。ママはあきれてた。パパは、おいおい、ってかんじで、わたしはほっといてって言って、階段あがっちゃって、それで部屋に入ったら、あのTシャツが椅子《いす》にぷらんとかかってて（ユーコたちと別れて帰ってきてから、すぐにお風呂入って、そのとき椅子にかけたの）、もう平光さんのレタリングの文字は汗とか水とかでにじんでて、へろへろになってて、それがなんか、よけいに、胸がジーン!!　ってかんじで。反省会のとき、平光さんが挨拶《あいさつ》で言ったことやなんかもドトーのごとくフラッシュ・バックしてきて、それでなんか泣いてたの。

会のときは、文化祭が終わったーってだけの気持ちでいっぱいで、キャッキャしてパーペキにハイ状態だったんだけど（加賀美先生へ独占インタビューした平光さんのやつが思い出されたりしておかしくて）……。ひとりになると平光さんはもう来年はいないんだなあって。ほんとに、わたし、あんなに平光さんが奥の深いひとだとは思ってなかった。

「いろいろと家庭の事情もあって、もっとひがんだヤツになったかもしれないところを、ぼくは濤西高校に救われました。そんな高校を去る前に、放送部がぼくの持っていたいいところをひきだしてくれたと思います」

あのことばは、あとになるほどジーン!!　ってなる。

それから自分がレポーターになった一年七組の子のことも思い出して……。わたしなんかアナウンスへただし、後藤さんみたいに発音がきれいじゃないし、平光さんみたいにおもしろい冗談もアドリブで出ないし、1―7のコーラスのレポートしてるときは、もうアセってアセってぶったおれそうだったの。

でも、1―7の子たち、それなのに、わたしなんかの質問に、ものすごくうれしそうに答えてくれて、答えたあとも、ありがとうありがとうって、すごくよろこんでくれて、なんか、なんか、こんなに放送部の部員をやっててよかったって思ったことなかった。

「地味な唱歌ばっかりのコーラスだったから、きっとレポートなんかしてもらえないと思ってました」

って、手をにぎってくれた1―7のクラス委員の子の、あのあたたかさをわたしの手は今でもまざまざとおぼえています。

♪ふ〜けゆく〜　秋のよ〜♪　とか♪な〜じ〜かは　し〜らね〜ど　こころわ〜びて♪とか、いままでちっともいい曲だと思わなかったのに、今はビートルズよりずっといい曲に思えてくる。

ミックとユーコの、文化祭を突撃レポーターになって実況中継するって案は、予想以上にすばらしい結果になって、あらためて尊敬してます。

優子さままさまへ
なんだか感激屋になってしまって感激のバーゲンセールをしてしまった悦子より

私も平光さんの挨拶には泣きそうになった。短かったけど、ブチョーの内面というか心というか、そういったものがみんな結集してたみたいで。

一夜あけた今日は、ちょっと胸のどきどきもおさまりました。

さっき、カンちゃんとしゃべってて、『フィーリング・カップル5対5』ではなく『パンチDEデート』に変更したいわけ(?　説明?)をしていた。

なんでも配線の関係上、『フィーリング・カップル』だとむずかしかったんだって。それで簡単な配線の装置でできる『パンチDEデート』にしたんだって。でも、島木くんはカンちゃんにワイロを使って、浜口ちゃんと「ごたいめ〜ん」にしてもらえるように裏工作したそうな。

そのワイロの品っていうの、なんだと思う?　アグネス・ラムの水着のポスターだって。でもカンちゃんはアグネス・ラムよりシルビア・クリステルのほうが好きで、それを要求したんだって。

「エマニエル夫人の映画の場面の写真を数点くれたら、浜口がスイッチを押さなくても押しても、ぜったいにランプがつくようにこっちで操作してやる、ってカンは言ったんだけど、島木はエマニエル夫人のやつは前に英語の木村に没収された」

ってカンちゃんが言ってた。木村先生、きっと自分が欲しかったんだよー。

あ、それでね、それでね。すごい問題発言がそのときあったの。

私とカンちゃんが『エマニエル夫人』の話をしてたら、そのとき国語が終わったとこだったから、あのモジリ兄貴がちらっと私たちの話を聞いたらしくて、

「あんな映画、つまらなかったよ」

って言ったのー!

「えーっ、すっごーい」

って、私、思わず叫びそうになっちゃって。だって、モジリ兄貴、ほんとにつまらなかったたって顔してたから、なんていうか、やっぱり同級生の男子とはちがうんだなあ、ってミョーに感心しちゃったのです。

ともかくも「体育祭後に5カップル、文化祭後に6カップル」っていう濤西高校の長年のジンクス(?)があるゆえ、私は、今後、校内での色模様を高みの見物してやろうと思っとりますです、ハイ。

エッコへ　　　　四時間目にて　優子

島木くん、昨日の『レット・イット・ビー』はすごくすてきでした。ピアノもじょうずだったと思います。歌もよかったです。

物理部の催しで、わたしがスイッチを押さなかったことで、もし気を悪くしてたらごめんなさい。

なんだか、あのとき、みんな見てるし、あわてちゃって、考えられなくて……。それで、島木くんのことはすごくいいお友達だと思ってるし、みんな見てるし、なんだか頭のなかが真っ白だったの。

わたしってドジなんですね。肝心のときにいつもあわてちゃって……。でも、島木くんの『レット・イット・ビー』はすごくよかったです。それだけはぜったいつたえたくて。都築くんと加賀美先生の『時の過ぎゆくままに』よりずっとよかった(ナイショだけど)。

二―四　浜口珠美

島木くんへ

さっきの都築くんの話、びっくりしました。わたしはそんなつもりで島木くんに手紙を書いたのではありません。

ほんとうに歌がいいと思ったから書いたのです。それだけです。

都築くんからなんで、あんなふうに言われなくてはならないのかわかりません。それと、加賀美先生のこともなんのことかわたしにはわかりません。そりゃ、もちろん、はっきり言って、加賀美先生のことを、女子は全員、いいようには思っていないと思います。でもそれは、服装とかお化粧とかがTPOをわきまえていないからで、あたりまえの結果ではないでしょうか。

だれだって、お葬式のときに真っ赤なミニスカートで真っ赤なくちべにをつけてきた人に対しては、いい印象を持たないでしょう？　それと同じことだと思うのです。

それだけのことであって、個人的な部分にまでは、わたしは加賀美先生については
よく知りませんし、なにも考えたこともありません。
『時の過ぎゆくままに』より『レット・イット・ビー』のほうがよかったのは島木く
んのピアノの練習のたまものだと思います。だからそう言ったのです。
わたしは中学のときから音楽部→ブラバンだし、そういうふうな観点で言ったので
す。それをあんなふうに言われるのでしたら、もう言いません。島木くんの演奏がよ
かったのもとりけします。それならいいでしょうか。

浜口珠美

都築宏様

浜口さん、もし、ぼくの言い方が気を悪くさせたのならごめん。
なにも、きみを非難しようとか、きみに対して怒っているとか、そんなことではな
かったのですが……。
それにぼくはきみのことを八方美人だということばで言ったことはいちどもありま
せん。誤解をまねきがちな、と言っただけで、ちょっと意味がちがうと思う……。
とにかく、気を悪くしたのならごめん。とにかくそれだけ。

浜口さんへ　　　　　　都築

前略、おふくろ様、都築さま。

昼休みは、俺はそんなにヘンだっただろうか？

世界史の時間にめずらしく寝ないで、これを書いている。

都築んとこは兄でおまえで弟だからヘンに思うのかもしれないが（きょうだいで話をするっていうのが）、俺はよく姉貴と話をする。六歳はなれているからなのかもしれないが、話しやすい。よくイバるのが困りものだが……。

俺は浜口のシンリっていうか、キモチっていうのは、それなりにわかるんだ（姉貴の教えもあってか女の計算ってやつはわかってるつもり）。でも浜口は浜口であいう奴《やつ》なんだから、それでいいよ、ってカンジ。

浜口とは別にして、加賀美はイイと思う。やさしいと思う。どんなに公衆便所と言われていようと、イイと思う。校内はみな兄弟だ。

サラバ

都築へ　　　　　　兄弟愛に燃えるシマより

前略、後略、島木さまさま。

ひとつだけ断っとくが、俺はおまえと兄弟になってないからな。

おまえがそうなら、俺はやらんからな。でもちょっと教えてほしいことがあるのですが……加賀美って78くらい？

ツヅキ

答え＝ま、そんなとこ。サービスは150。

ツヅキへ秘密文書

シマ

あけましておめでとうございます。

本年もよろしくおねがいいたします。

昭和五十一年　元旦《がんたん》
八木悦子

遠藤優子さま
PS／わたしは私立女子文系にしちゃいました。迷ったけど。短大でいいかなって。

A HAPPY NEW YEAR!
1976
YUKO ENDO

私立四大文系にしたので三年でもきっといっしょのクラスになる確率が高い。
どうぞよろしくおねがいします。
島木紳助様

謹賀新年
ことしもよろしく
島木紳助
PS／なんでまた私立理系にしたの？

進路希望別説明会のときびっくりした。

都築宏様

新年おめでとうございます。

旧年中はひとかたならぬお世話になりました。本年も何とぞ宜《よろ》しくお願いいたします。

昭和五十一年　元旦

都築　宏

島木紳助様

このハガキ（家にあったのをもらった）の印刷だと、島木が加賀美先生に出すべきだったような気がする。

あけましておめでとうございます。

早々に賀状をいただき、ありがとうございました。

加賀美涼子

浜口珠美様

新春のおよろこびを申し上げます。

幸多き一年でありますようにお祈りいたしております。

S51・1・1　浜口珠美

都築宏様

国立文系にしたので、もうすぐクラスがかわってしまいますね。残念です。

遠藤、建国記念日、おめでとう。バート・レイノルズも誕生日、おめでとう（あいつって2／11生まれなんだって。ロードショーの付録の手帳に書いてあった）。

俺から手紙が来てびっくりしてるんじゃないかと思いますが、びっくりさせてやろうと思って手紙を書いたのです。

祝日のせいかヒマなので、手紙というものを書いてみてやろうと思って、だれがいいかと思って遠藤にした。

お年玉で井上陽水のLPを入手することができ、めでたいのだった。それで陽水を聞いてたら、いろいろと思うことあり、というぐあいになってきて、白い便箋《びんせん》に青いインクで手紙を書く、ということがしたくなったのだった。

陽水はよいよ。遠藤も聞いてみな。なんかおまえはいつもガイコクの曲を聞いてるけど（と、島木が言っていた）。

中学のとき、俺が佐久間から転校してきて、遠藤がクラス委員だったのはよかったと思っている。海の近くの町の女はこうなのか、となぜか感心したものだ。高校になってからは遠藤が八木の悦っちゃんと仲がいいのがよかったと思っている。八木って、リリーズに似てない？　ふたごじゃないだろうけどさ。

ところで、遠藤は私立四大文系コースだよね。俺もそうすりゃよかったかなーと、ちょっと思ってるんだが、やっぱり私立四大理系でいいかな、とも。俺、英語の木村が嫌いでさあ。四組に浜口ってかわいこちゃんがいるんだけど（知ってるよね。ブラバンの）、あいつにいつも顔をくっつけるようにノートを見るんだよな。きっと浜口は気持ちわるがっていると思う。男子たちはいつも気の毒に思っている。

木村は女好きだから、きっと女子の多いコースを受け持つだろうって、俺、思ってさ、そんで理系コースにしたの。べつに理系を受ける気なんかないのに。それほど嫌いなの、俺、木村って。

たんにスケベおやじだから嫌いってんじゃなくて、なんかさあ、ぜったいああはなりたくない、という否定的未来の象徴のように思えてならないわけ。

未来というものがかがやくものであると信じていられる特権が若さだと、なんかの本に書いてあって（なんだったか忘れた）、でもさ、それをまるごと信じていられるほど若くもないじゃん、十七ってったらさ。……って思わない？　遠藤ならわかるだろ、そんなにノーテンキに暮らしてられないよな。

としたら、選択は、こうだけはなりたくない、ってのが残る。としたら、その象徴が木村なんだよ、俺の場合。

べつにさ、木村になにかイヤなことを言われたとか、そんなんじゃないんだけどさ、なんかあいつを見てるとナサケナクなってきてさー。点だってけっこう甘いし、そんなにうるさいことも言わないし、でもナサケナイの。こいつって、高校行って大学行って、教員採用試験受けて、先生になって、見合いかなんかで結婚して、そんでずーっとおなじまま暮らしてるんだろうなって思えてさ。家に帰るとこたつなんかあってさ、夕飯たべて、TV見たりして、風呂《ぶろ》入って寝て、英語の教師のくせにTVで洋画を見るなんてこともなくて、何年も何年も、ただ教科書の単語なんかを生徒に教えて、テストの丸つけして、そうしてきた、それだけの、怒ることも泣くこともなんにもない、そういう、なんていうか、この生活以外の暮らしを空想したことすらない人間のような気がするの。俺、いつも木村を見ると、なんか、これじゃ、なんのために人生やってるんだよ、ってハラがたつのをとおりこして、ナサケナイ。

それと体育の江川。女子は江川に習うことないからいいよな。江川ってムカつくぜ。ぜったい、人のこと名前で呼ばないの。授業中、ゼッケンをつけさせて、ゼッケン番号でしか呼ばないの。ゼッケンだぜ。ゼッケン。ふざけてるよなー。体育祭でもないのにゼッケンだぜ。ふだんの授業中にゼッケンなんだよ。そんで、番号でだけ人を呼ぶの。俺はサッカー部だから、サッカーやってるわけで、運動するのは好きだと思うんだけど江川の体育の時間になると、自分が囚人かなんかになったような気になってくる。戦争で捕虜《ほりょ》になった人間とか（ちょっとおおげさかな）。それでもまだ江川が生徒全員に対して番号呼ばわりするんなら、それはそれで、そういうやつなのかとも思うが、江川は自分が顧問をやってる陸上部のやつだけは、名前で呼ぶんだよな。あれも、ナサケナイ。江川なんかにひいきされたくないけど、自分の行動にスジが通ってないことにちっとも気がつかなくて、こわい顔して生徒を番号で呼ぶことがナサケナイ。あー、ナサケナイ。木村と江川の顔を思い出してたら、新年早々、ナサケナクなってきた。

遠藤は英語ができるからいいよなー。旅行しても安心だよな。俺は中学のとき、船乗りになりたかった。いろんなところに行けるから。でも、なんかの本で（また題名を忘れた）、船乗りになると虫歯を治してもらいにくくてたいへんだ、みたいなことを読んで、歯が痛いのをずーっと海の上でがまんしてなきゃなんないのはイヤだなって、さっさと夢を終わりにしてしまいました。

夢を終わりにしてしまっている自分は木村のようだということに気づき、ますますナサケナクなる新年なのだった。

遠藤は木村のようにはならないやつだと思う。がんばってくれ。保健室の加賀美先生のようにもならないだろう。

もっとも保健室の加賀美先生のようになる女子なんて、まずいないだろうけど。

女子は、男子が全員、加賀美先生のことを好きであるかのようにゴカイしているようだが、そんなことないのである。もし、女子のあいだで加賀美先生の話が出たら遠藤が男子の真実を説明しておいてくれ。

加賀美先生は加賀美先生で、一部の男子に都合よく利用されているような気もする……。毎日、いい天気に見えても、実は本質はフブキ、フブキ、ってこともあるのだ、世の中には。ハッハッハッハー。

遠藤優子嬢へ　1976・2・11　黄金バットのように彼方《かなた》に飛び去る　都築より

都築くん。手紙ありがとう。お礼にチョコレートをあげます。虫歯になっても陸の上にいるからだいじょーぶだよ。

そいじゃね。

都築くんへ　　2／14　遠藤

トートツですが！

今日はバレンタイン・デーなので都築くんにチョコレートを贈ることにしました。

都築くんとはじめてしゃべったのは一年のとき、土曜日に『おかめ』に行ったときだったの、おぼえていますか？

わたしとユーコがエビ・イカのお好み焼き食べてて、そこへ都築くんと島木くんが来たからやきそばと、チカラ焼きも注文したんだったんだよ。

ユーコと都築くんたちはいっしょのクラスだったから話をはじめて、わたしはちょっとギコチなかった。

でも、都築くんが、

「あ、このモチ、うまいよ」

って、自分の皿のお好み焼きからおモチのとこをちょこっとわたしにわけてくれて
……。

わたし、今だから言うけど、都築くんがそうしてくれたおかげで、あのときみんなとお話に参加することができたんだよ。『おかめ』を出たあとは、わたしたちは別行

動になっちゃったけど、あの日以来、わたしはそれなりに都築くんのことをチューモクしたりしてました。といっても、どうってことないチューモクなので、あんまりキンチョーしないでネ。

サッカー部の練習が放送室から見えるんだよね。コバルト・ブルーできれいだよね。でも、部員のなかで都築くんが一番、あのユニフォームが似合うと思う。

グランドを私とユーコが通りすぎると、

「オッス」

って、島木くんといっしょに手をふってくれるのが元気で、わたしも元気になります。だから、わたしにとって都築くんはビタミン剤みたいなの。

もっと都築くんといろんなことを話せたらなって思います。わたしはお姉さんしかいないので、ビタミン剤みたいな、そんなアニキになってくれたらなって思います。

都築宏様

八木悦子

チョコレートと手紙、サンキューでした。あのアーモンド・チョコはうまかった。

それにしても『おかめ』に行ったとき、八木ってそんなにモチの部分が食べたかったの？

食べさしのお好み焼きであんなに感謝されて悪いくらいだった。だったらもっとわけてやりゃよかったな。

あの日は練習してるときからお好み焼きが食いたいなあって島木と言ってて、それで『おかめ』に行ったような気がする。

ところで放送室からサッカー部が見えるのはわかるけどさ、あそこって二階だろ？　二階から俺なんてわかる？　目がいいんだな、八木って。

俺は目があんまりよくないの。視力0・4しかなくて、ほんとはメガネかけなきゃいけないんだ。授業中だけかけてるけど、あれ、部活のときだとすべってじゃまくさくてさ。目のいい人ってうらやましいです。

なんで目が悪くなったかというと勉強しすぎたからではなくて、たぶん本の読みすぎだと思う。でも、本っていっても高尚な本じゃなくて、文芸部のやつとかが読んでるようなんじゃなくて、雑談集みたいなやつ。宇宙人にさらわれた人の証言とか、ネス湖にネッシーを探しにいった人たちの記録とか、そういうの。

八木のことはリリーズに似ていると、前から思っていた。キャンディーズも好き（とくべつ追っかけをやるほどではないが。TVに出てくるとうれしいかな、ってていど）だが、あの三人のなかには八木に似ているのはいない。浜口ってミキに似てない？

八木ってお姉さんがいるのか。俺は兄と弟だからお姉さんがいるのはｖｅｒｙｖｅｒｙうらやましい。お姉さんはいいだろうなあ。いろいろやさしく教えてもらえるじゃない？　兄はいばってばかりだし、弟なんかなんの役にもたたないし、まったく俺の家もお姉さんがいたらよかったのに……。

でも、こんな俺をアニキにしてくれるというけなげな申し出をしてくれる八木に感謝して、妹にしてあげよう。今後、オオ、マイブラザーと呼びたまえ。

（でも、南こうせつのあの歌はあんまし好きじゃない。こうせつなら泉谷のほうがよい）

八木へ　　　　　　　　３／15　都築　宏

ユーコ、さっき言いかけてやめたことはね、うんとね、うんとね……恥ずかしくて、顔が見えるとこで言えなかったのデス。

マシマロ・デーのお返しに消しゴムをもらいました。レモンのかたちをしたやつ。封筒にいっしょに入ってた。

いまはドキドキしてて、マラソンして帰ってきたみたいなかんじ。バレンタインのとき、あっさりしてたように見えたかもしれないけど、ホントはドキドキのアセアセだったのよ。

あんまりなこと書くと、都築くんの負担になると思って、それでもし、都築くんが浜口ちゃんのことを好きなのだったら、それはそれでいいやって思って、浜口ちゃんのこと好きでも、わたしは好きだよ、って都築くんにわかればいいやって思って……。わたしもフランクなかんじで仲良くしていきたいから。これからは受験もあるし、なんといっても高校生だし、ユーコには笑われるかもしれないけど、わたしは、都築くんと高校生らしいおつきあいができたらそれでいいと思っています。子供っぽくてもそれでいい。わたしのペースで、それで都築くんのペースで、前よりはちょっとだけ話す回数とか、時間とかがゆっくりしたものになればそれでいいんです。

だからマシマロ・デーのことはすっかり忘れてたから、すごくうれしくて、何回も何回も手紙を読み返してしまいました。あとで見せます。

ユーコへ　　　　3／16　悦子

今、紅茶を飲んだところ。それから手紙を書いた。私の世界で一番好きなヒトに♡
English で。
都築くんからエッコに来た手紙を見せてもらったり、エッコのシアワセな顔を見てたらアテられてしまい、私のカレ（ミック様）に対する手紙もなんだか少女漫画チックになってしまいました。よかったネ。
エッコの言うとおり、アウアペースでつきあっていけばいいと思います。浜口ちゃんのことを気にしてたようだけど、もし都築くんの眼中には浜口ちゃんしかいないのだったらこんなリアクションはしないと思うから、気にすることないと思います。

T・レックスを聞きながら　優子

エッコさま

PS／もーすぐ春ですね。

PART Ⅲ

拝啓、ユーコさま。

たいへんごぶさたしておりますがお元気でいらっしゃいますでしょうか。滞在しておりますアマゾネス島はガスも水道も電気もなく日に日に野性にもどっていくような気がいたしております。

……と、書いているうちに、ほんとうに離れ小島のアマゾネス島から手紙を出している気分になってきました。

3年8組アマゾネス島。だれがつけたかこのあだ名。ほんとにぴったり。学年で唯《ゆい》一《いつ》の女子クラスですが、さいしょは教室のなかがみんな女子っていう状態が気持ちワルイやら落ちつかないやら、すごくイヤでしたが、今では慣れてしまいました。

春のころはずいぶんとユーコにグチってたわたしですが、梅雨になったら、なぜか一気に慣れました。なんといってもラクなんですよね。男子がいないっていうのは。生理のとき、アレのポーチを気兼ねすることなくカバンから出したりできるし、パンストも教室内ではきかえられます。お行儀悪いんだけど、ひとたび、この気安さをおぼえるとてもラクになってしまいました。このまま女子短大に進むとなると、ラクな状態に溺《おぼ》れきってしまうのではないかと……ちょっとシンパイしちゃったりなんかしてます。

うちのクラスだけ教室が一階にあるので、廊下でユーコや都築くんに会ったりすることもへりましたが、そのぶんノートを書くときシンセングミだったりします。たまにカンちゃんが都築くんからの伝言を口づてで持ってきてくれます（漢文のノート貸して、とかさ。たいした伝言じゃないけど。貸すと、もどってきたとき、ノートに書き込みがしてあってオモシロイです）。

さっき実力テストの上位者の発表の貼《は》り出しを廊下で見てきました。英語でユーコの三番も拝見いたしました（すごいね）。わたしももうちょっとがんばらないとなりません。三年になってからあんまりユーコとのノートが書けないけど、ときどきは長ーいのを書きたくなります。

それから旺文社の夏期スクーリングのことだけど、参加することにしました。あと、ラジオ講座は、わたしには向いてるみたい。自分の部屋でベッドに寝っころがってやってるのが、なんか無理がなくていいみたい。はじまる前にざーっとやっておいて答えあわせをする、というかんじでやっています。自然なかんじでつづけられるんで（気楽というか）、そこが向いてる。

わたしは名古屋かどっかの短大でいいから、これぐらいのベンキョでいいです。親がいいって言ったら東女《とんじょ》の短大があこがれなんですけど。ユーコはJALを狙《ねら》うでしょ？　ユーコが行くならJAL系の短大にもあこがれるけど……って、なんだかわたし、信念を持って受験にのぞんでませんね。

でも、正直な話、わたしはそんなになにかを勉強したい気持ちってないし、高校よりはもうちょっと一般教養（っていうんだっけ？）をやればいいから……。そんなに頭もいいわけではないし、それよりいろんなお友だちをつくったり、スポーツしたり、そういうことをしたいな。

おねーちゃんが浪人して四大に行ったからわたしは浪人させてもらえないと思うんで。おねーちゃん見てたらつらそうだったもん。それじゃ、これからラ講がはじまるから、また（ラ講のあとオールナイトニッポンを聞くくせがついてしまい、寝不足ぎみです）。

ユーコへ　　　　　　　　1976・6・3　悦子

長々とノートを持ったままでごめん。

浜進に行くようになってから家に帰ってくるのが遅くて、ごはん食べたりお風呂《ふろ》入ったりして、それから学校のほうのやつやってると、もう眠くなっちゃってさー。日曜は英会話、あいかわらず続行してるんだけど、三年になってから新聞のコラムを利用することにしてもらったの。そのほうが受験にもいいだろうってビル先生（今のところ世界で二番目に好き。一番は長年不動のミック・ジャガー様）が言うから。と、そのコラムがむずかしくてさ、予習が必要になってきちゃって……。

校内の実力はアレだったけど、浜進での模試だと、ちっとも成績なんかよくないの。JALは株価が高いしねー、もー、みんなよってたかって買わないでよってかんじ。

佐伯さんが推薦で上智がほぼ決まりなんだって。私はもうガックリしてしまいました。だって佐伯さんは全教科、いいじゃない？　そういう人は国立受けてよーって言いたい。私なんかダメなやつはダメでガタガタなんだからさ、推薦って、そういう人のためにあるべきだわ、プンプン。

佐伯さんとかなら国立も楽勝でしょ、それなら教科差のはげしい人に推薦をまわしてほしい。そしたらウチの高校の合格大学の平均偏差値もグッとアップするのに……なんで先生はそういうことがわかんないのかなあ。べつに私にまわせとはいわない。カンちゃんなんかにまわしてあげればいいのに。そして、そんなふうに、たとえ体育がダメでも数学と物理がよければ理科大に推薦してもらえるとか、たとえ数学がダメでも国語がよければ京女《きょうじょ》に推薦してもらえるとか、を目《ま》の当たりにすればみんなもっとたのしんで勉強するだろうと思うのですが……。

そーゆーわけで、私は最近、ムカつきながらシケ単をやっています。ラ講は井狩先

生のを聞くかな。声がいいから。古典の武藤先生って人、写真見たら森村誠一に似ていたのでそれから古典の問題をするたびに、

「おかあさん、あの麦藁帽子《むぎわらぼうし》どこへいったんでしょうね」

というのが口ぐせになって、わからない古語がでてくるとひとりで、

「おかあさん、これはどういう意味だったんでしょうね」

とブツブツ言いながら解いています。ラ講はエッコみたいにつづけていると効果があるかも。私は気分にムラがあるからつづかなくて……。でも夏期スクーリングは参加する予定です。でももしかしたら浜進のほうに参加するかもしれないから、ちょっとまだわかんない。

ではまた

エッコへ　6／30　優子

谷村さん、ばんばさん、お元気ですか。はじめて手紙を出します。前もたまに『セイヤング』は聞いていたのですが最近になってよく聞くようになりました。ぼくは高校三年です。部活はサッカー部でしたが夏休み後、引退したのでそれでよく聞くようになったのです。

今日は思い切って手紙を書くことにしたのは、実は、ぼくは自分がどうもヘンなのではないかと思えて、こういうビミョーな心理学は友達には話せないし、先生には話せるわけないし、そこで谷村さんとばんばさんに打ち明けるのが一番だと思いました。

ぼくには今、同じ学年に好きな女のコがいます。明るくてやさしい女のコです。ちょっとスローモーだけど、そこがかわいいのです。彼女とは二年のときにクラスがいっしょでふとしたことでよく話すようになりました。好きな音楽のこととか、いっしょに参考書を買いに行ったりとか。

いっしょにいると、たまにキスしたいとか思ったりしますが、相手がスローモーというか無邪気なので、なんかできずじまいにおわっています。でもまあ、好きな女のコにそういうことを願望することは自然なことだと思うので、これに悩んで手紙を書いているわけではないのです。

ぼくは自分がいやらしいヤツだと思えてならないのであります。

夜、寝るときはわりとすぐに寝てしまうのですが、朝起きたとき、いやらしいことばかり考えていることをここに告白します。

そんなときの男がなにをするかは谷村さんやばんばさんも男ならすぐに見当がつくと思うのですが、ソレをしているときに思い出すのが、その好きなコではないのです。

Kという二十九歳だか三十歳だかの女のことを考えるのだが、その女のことをぼくは好きではないのです。どっちかというと嫌いです（そんな年齢の女とどこで知り合ったんだと思われるでしょうが、ちょっとわけは言えません。ぼくの友だちが親しいのです)。

Kのことは嫌いなのだが、といってKそのもののことを思い出しているんじゃなくて、顔はたしかにKなのだが、体はべつの女で、この体はなぜかアグネス・ラムです。ところが、ぼくはとくにアグネス・ラムのファンでもないのです。つまり、顔は嫌いなKで、体はさしてファンじゃないアグネス・ラム、といった女を思い出して、ソレにいたるわけです。

ソレをしている男子高校生は自然なんでしょうが、ぼくは回数が多いような気がしてならない。日曜なんかだと三回もしてしまいます。こんなに回数多く、嫌いなKの顔をして、さしてファンでもないアグネス・ラムの体をした女のことを想像して。

これはヘンタイじゃないでしょうか?

そのうえ、想像のなかでぼくがその女にさせることはもっとヘンタイじみているような気がするのです。どんなことをさせているかというところまでは、さすがにお許しください。

ぼくは自分が不潔でヘンタイ野郎に思われてならない。みんなもソレをやってるんだろうけど、もっとさっぱりやっているように思う。

どうぞ、悩める青少年をお導きください。お願いします。リクエスト曲はバン・マッコイの『ハッスル』です。

谷村様、ばんば様

十月十二日　ペンネーム、コバルトブルーのシャツ（十七歳）より

こんにちは。はじめておたよりします。谷村さんとばんばさんの日はこっちを聞いています。
今まで何度か曲をリクエストしたことはあったんだけど、手紙を書くのははじめてで、どきどき♡
わたしは十八歳の女子高校生です。わたしの悩みをきいてやってくださいませ、シクシク♧♧
わたしは同じ学年に好きな男のコくんがいます。彼はアニキみたいに元気で、そこがスキ♡なんですけど、わたしとしては高校生らしい明るいつきあいができたらなぁーって。
いっしょに参考書を買いに行ったり、好きな音楽の話をしたり、そんなふうなことができて、それでいて心がぽわぽわんと通いあっていればいいのです。
そういう意味では、彼とはうまくいってる、ということになりますが、わたしは、うまくいっているはずなのにイライラしてならないのです。

Hさんという女の子がいて（同じ学年）、その人に彼は気があるのじゃないかと気になってしかたがないんです。

彼はべつにHさんのことを好きだと言ったわけではないし、つきあっているわけでもないのですが、なぜか気になるのです。

そのHさんは男子にはすごく人気があって、男の先生にも人気がありますが、女のコたちにはわりと嫌われています。なんでかっていうと、なんかずるがしこいことをするんです。

女子と話しているときはふつうに前を向いて話すのに、男子と話すときはちょっと小首をかしげるみたいにするんです。それに、女子と話しているときの声と男子と話しているときの声とでは、男子と話しているときの声のほうが一オクターブ高くなってるし、体育館に移動するときなんかに体育館シューズの袋を落としたりして男子に拾ってもらうと、「やっだー、わたしっていっつもこうなのよねー、ほんと、ドジなの」って、上目づかいで、ちょっと舌たらずに言うの。女子が拾うと、「ありがとう」ってふつうに言うだけなのに。

わたしはHさんを見てると気後れしてしまって、なんだか彼も、ほんとはHさんとつきあいたいんだけど、わたしで間に合わせているような気がしてしまいます。

つまり、わたしは彼とのつきあいで悩んでいるのではなく、ひたすらHさんのことで悩んでいるわけです。

なぜこんなにHさんが気になるのかわかりません。でも事実としてHさんのことを考えると自分と彼とのあいだがダメになっていくような気がして、クラい気分になってしまうのです。

わたし、たまらなく自分がイヤなんです。じつは、彼とは一回だけAをしたことがあって、恥ずかしかったけど(次の日なんか)、うれしかったんです。でも、わたしは心のどこかでA以上のことを望んでいるような気がして……。

女のコのほうがそんなことを望んでしまうなんていやらしいと思います。もちろん好きな人とCを望むのは自然なことなんだ、とも同時に思うのですが、今は受験なのにそういうことを考える自分がイヤだし、Hさんのような人はそんなことをこれっぽっちも考えないのだろうなと思うと自分が彼女にくらべてすごくイヤな女のコのような気がしてしまうのです。

それでときどきヘンな夢を見ます。半分起きているようなときに見る夢。その夢のなかでは彼は出てきません。よくわからない知らない男の人がいます。その人とわたしは暖炉のある寝室にいて、わたしは泣いてるの。その人は絵の話をしてくれて、それからやさしくいっしょにベッドに抱いて運んでいってくれる……みたいな夢。

夢を見たあと、わたしは彼に対する罪悪感でいっぱいになります。自分が不潔に思われてなりません。

こんなこと親友にも告白できないし、どうかわたしを更生させてください。

リクエスト曲は『いちご白書をもう一度』です。

谷村さま、ばんばさま

十月十二日　雨だれを見ている女の子より

ユーコ、さっき最終進路希望書を提出してきたところです。東短《とんたん》にしました。おねーちゃんのアパートにいっしょに住めばいいからって、親は賛成してくれて、おねーちゃんは今年、四年だから、もし教採受かったら来年はこっちにもどってくるかもしれないけど、そのときはひとりで使えばいいんじゃないかってことで。

第一希望を東短にしたのは、都築くんが東京の大学を受けるっていうから。いっしょに東京に行くんだ、って思ったら勉強もがんばれるかなって思って。さいきんはなんか、心のなかがぐじゃぐじゃしてて、夜中になるとぐじゃぐじゃ度が高くなります。でも、受験が終わったら東京で都築くんと手つないでデートしようって思ってがんばることにしました。

ユーコはこないだ国語でも十位内に入ってたね。すごいなあ。浜進でもいいとこにランキングされてるって、水戸のコーちゃん（浜進に行ってる）から聞きました。だからわたしとのノートのことはあんまり気にしないでネ。ユーコがＪＡＬに受かったらみんなで東京で会えるね。がんばろうね！　ファイト！

ユーコへ　　　　　　　12／12　がぜん勉強に燃えてきた悦子より

遠藤、シケ単のカセット・テープと世界史の例のセット、まとめて置いておくのでよろしく。重いけど持って帰ってくれ。

俺、京都のあそこに推薦、決まったから。右翼とノノしられようが、あのねのねの子分とバカにされようが、俺にはしこしことコツコツと勉強するのはぜったいに向いてないと思ったんで、さっさとラクをしてしまいました。よって、これはもういらんから遠藤にやる。ほかにも欲しいもんがあったら言ってくれ。まっさらなまま、いっぱい残ってるから。

がんばれ遠藤　　　　　　　12／24　島木

（優子の机の上に置かれていたメモ）

八木、お元気ですか。

もう学校は終わりだから、明日からは学校でも会えないね。あ、卒業式では会うんだろうけど、あれって式だけだよね。三月十五日ってったら、二次募集の試験と重なるやつなんか欠席になっちゃうんだろうな。

だからこうして手紙を書くことにしました。

ぼくは今、ふしぎな気分で机の前にすわっています。こんな気分になるのははじめてです。

来週はまっさきに南山大の試験を受けるんだけど、どうも勉強していても集中力がありません。

自分が受けなくてはいけない入試なのに、なんとなく他人が受けるような気がする。なんでなんだろう。

あんまりにもあっけなく高校が終わってしまった気がしてならないんです。

八木とは三年になってクラスが分かれたよね。八木は私立女子文系だったし、俺は私立理系。女子文系クラスって一階のはしっこだったし、俺らは二階のはしっこだったし、廊下ですれちがうことも少なかった。

俺、べつに理学部とか工学部に行きたいわけじゃなかったんだけど、とにかく英語の木村が嫌いでさ。あいつに習いたくなくて理系クラスを選んだのに、理系クラスの英語だけ木村が担当したのはショックだった。あいつはスケベおやじだから、ぜったい女子の多い文系クラスを担当すると予想していたのに（とくに私立女子文系なんて木村が大好きそうだったのに、そっちは江藤先生で、俺らが木村なんて……。四月には神も仏もないと思ったよ。俺がヤル気をなくしたのはそもそもこのショックが原因だったような気がしないでもない）。

結局、南山大だって俺が受けるのは経済学部なんだよね。願書出した他の大学もほとんど経済学部か商学部で、あとは社会学部の情報学科。なんのために理系クラスを選んだのやら。トホホだよ。

まあ、俺、暗記ものが嫌いだから入試はみんな数Iで受けようって思ってたんだよね。

文系の入試の数Iって、理系クラスでやってきたやつには楽勝だって聞いたのと、文系の入試を数Iで受けると社会で受けるより有利だとも聞いてたから。

でも、三年になって浜進をはじめあっちこっちで模試を受けてみたけど、そんなに数Iが楽勝だったとは思えなかったし、総合判定でもちっともいい結果はもらわなかった。

たぶん、俺、浪人するんだろうな。だから南山大の試験のことも他人《ひと》ごとみたいな気がするのかも。

濤西高校へ通った三年間も、なんか嘘《うそ》みたいな気がする。なんでなんだろう。

俺、けっこう高校ってたのしかったの。

八木もトーゼン知ってるように、俺らのとこのサッカー部って強くないし、全国大会なんか夢のまた夢ってかんじだったけど、そのぶん練習もラクだったし、先輩後輩の礼儀もうるさくなかったし、たのしかった。勉強だって、俺は中の中の中で、ほんと、四百人中、ジャスト二百番だったんじゃないかって思うよ。成績いいやつのことはそれなりに尊敬してたけど、だからって必死になって勉強したいとも思わなかった。中間、期末のときだって映画館に行ってたくらいだし、一夜づけするほどの気力もなくて、眠いときは寝てた。

みんなとわいわいやって、たのしかった。高校の三年間、たのしかったよ。

俺は浪人するだろう。浪人して大学に入ったら、大学には大学のたのしいことが待っているんだろう。でも、高校でやってきたような、クラスみんなでいっしょになってさわぐような、笑うような、ひやかすような、そんなたのしさは、もう終わったのだと思う。

そう。もう決して、手には入らない無垢《むく》のたのしさだったと、俺は高校三年間を、そう感じている。

それが俺を寂寥《せきりよう》へと導く。もう二度とあのざわめきは戻らないのだと。文化祭のバカ騒ぎ、体育祭の応援合戦の歓声、化学室の実験と薬品の匂《にお》い、数学の黒板での問題解き、夏休み前の校庭の草むしり、冬休みの秘密の飲み会……それらはみな、ああ、みなすべてが、無垢のざわめきだった！

ユングならこんな俺の気持ちを、懐古の甘美化と分析するんだろうな。

購買部のオバチャンがあまったネオロールをくれたことも、今の俺の脳裏には非現実と化した過去のかぐわしい歓喜としてよみがえる。チャンドラ先公の催眠術のような授業さえもが、あたかもうららかな雪どけの春の日の陽光のきらめきにも似て俺のまなうらによみがえる。

人はみな、至福《しふく》というものが日常のなかでなんら特別なるかたちをせずに存在しているということに気づかないのではないだろうか。そして、それに気づいた者は、至福よりも寂寥に身をゆだねなくてはならないのである。

もうこの無垢のざわめきを掌中《しょうちゅう》におさめることは不可能なのだと。

たのしかったけれど、それは今こそ幕を下ろしたのだ。

二年の終わりごろから八木とはよく話すようになったけど、それは俺にとって幸いなる時間だったのだと思う。

八木に誘われて行ったNSPのコンサート、たのしかったよ。あの帰りにはじめてきみのくちびるをぼくは認識した。それは定めし、きみのくちびるではなく、きみのやさしさであったのだろう。

かけがえのない時間の幸いは、点数という情け容赦《ようしゃ》のない手段によっていとも簡単に破壊される。入学したい者は人間であるにもかかわらず、コンピューターという機械が判定をし、ふりおとしてゆく……。

英語の意味を知ろうとするより、ただたんに英単語の意味を答えられたほうがよい人間だと言わんばかりに……。

ぼくは今、シャーペンをにぎりしめる。明日はFの鉛筆を買ってこよう。マークシートを塗りつぶすのはFの鉛筆だと、コンピューターはそう命令しているのだから……。

きみとすごした時間、ぼくは幸いであった。でも、もう幕は下りたのだ。無垢の時間に我々は言わねばならない。終幕の暗号、それはグッバイ。

八木も東女短《とんじょ》の入試、がんばれ。風邪ひくなよ。

じゃ、またな。

二月一日　都築　宏

八木悦子のもとへ届かんことを

お手紙読みました。

どういう意味なのかな、って考え込んでしまいました。わたしにはわかりません。幕は下りたって、わたしが嫌いになったってことですか？

ならどうして「じゃ、またな」なんて書くの？

かなしくて、わからなくて涙が出そうになりました。幕が下りるようなイヤなできごとがわたしたちのあいだにあったというかんじは、わたしにはしないのです。

わたしと都築くんは二年の終わりごろによく話すようになって、そのときは同じクラスだったから、かえってトモダチ感覚のノリが抜けなくて、でも、三年になって、都築くんとクラスが別になって教室もすごく離れちゃったこと、わたしにはよかったって思えるんです。

だって、そのほうがかえって二人だけで会う機会が増えたし、二年のときより三年になってからの、この一年(正確には九カ月だけど)のほうが親しくなれたと思うんです。

NSPのコンサートの帰りのことより、わたしには都築くんに誘われて行った太田裕美のコンサートの帰りのほうが鮮明な思い出です。

あのとき、はじめてわたしは、ほんとうにKISSするということがどういうことなのかを知りました。そして、はじめて不安がなくなりました。

それまでは、都築くんと会っていても、いつもいつも不安だった。都築くんの胸の奥にはいつも浜口さんが住んでいるような気がしてならなかったからです。だから、

「都築くん、大好きよ」

とは、どうしても言えませんでした。言えば、都築くんがわたしのことを迷惑に思うような気がしていた。それほど不安だったのです。

けれど、太田裕美の『木綿のハンカチーフ』を帰り道に歩きながらうたって、

「この歌のなかにうたわれている女のコってやさしい子だよね。八木って性格がやさ

しいよね。浜口みたいなやつとしゃべってると疲れるけど、八木といるとほっとするよ」

って言ってくれたとき、ほんとうにうれしかった。だからほんとうのＫＩＳＳが許せたのだと思います。それ以上のことだって、都築くんなら許したかった。

でも、わたしたちの前には入試という大きな問題があります。わたしたちがまずクリアーしなければならない問題だと思うんです。

大好きな都築くんと、お互いに励まし合って、お互いをたかめあって、いっしょに大学に入りたいと思って、わたしは二学期からがんばってきました。

もちろん、学年で一番や二番の人のようにはいきません。でもわたしなりにがんばってきたつもりです。がんばれるのは、都築くんという人がいてくれたからです。

それなのに、都築くんは南山大の試験をまだ受けてもいないのに、俺はたぶん浪人するだろう、なんて、ガッツがたりないと思う。そんなふうにさいしょから捨てていては受かる入試も受からないと思うのです。

そもそも、なんで南山大の経済なの？　前に立教の理学部を第一志望にするって言ってたじゃないですか。立教の理学部なら偏差値低いから、あんまりガツガツ勉強しないでも入れるからって。ガツガツしてないとこが、都築くんのいいところだから、

「立教って難関は文系なんだよ。理学部は偏差値低くて穴場なんだ。そのわりに、入ったら〝立教ブランド〟だけはちゃっかりもらえるんだぜ、いい案だろ」

って笑ってたのも、都築くんらしくていいな、と思ってたのに。ふたりで東京の大学に受かったらすっごくうれしい。ふたりで上京するんだって、そうやってわたしはがんばって勉強しているんです。

社会はわたしは世界史です。チャンドラ先生の授業は眠かったけど、世界史を選びました。『ベルサイユのばら』に影響されてつい選んでしまいました。オスカルさまを思い出しながら勉強したりすると、年号も自然におぼえられます。

それよりわたしは現国が最大のウィーク・ポイントなんです。日本人のくせに、なんかよくわからないんです。

「主旨をまとめよ」

というような問題にぶつかると、すごくまよってしまう。主旨なんてどういうふうにもとれるような気がして……。

旺文社のラ講がやりやすかったので、現国もラ講でラストスパートをやっていますが、他の教科とちがって現国は力がついてきているのかいないのかハッキリしなくてこまります。

こんな国語力のわたしですから、あんなふうな都築くんの手紙にはとても動揺してしまいました。いつもの都築くんらしくない。奥歯にものがはさまったような言い方でじれったかった。

高校の三年間はたしかにわたしもたのしかったです。文化祭も体育祭もたのしかったし、放送クラブもたのしかった。

でも、それがなぜ「寂寥」とか「ざわめき」とかになるのか、よくわかりません。そんなふうに高校生活の思い出にひたっているヒマは、今のわたしたちにはないのではないでしょうか。

ユングって作家の名前？　受験出題率の高い作家の一覧表にはこの人の名前は見当たりません。不必要なことに時間を割《さ》くのはいけないと思う。ユングとかいう人のを読むより小林秀雄や江藤淳を読んだほうが受験のためになります。外国人作家ではラッセルが出題率が高いそうです。わたしは家の人にたのんで新聞を読売から朝日に変えてもらいました。朝日の社説は入試出題率が高いですから。

とにかく都築くん、今は感傷的になってないで、目前のハードルをクリアーすることに全力投球しましょうよ。ファイト！

お互いの合格を祈って

二月四日　悦子

都築宏様

第二章　ルーズリーフ

PART I

雨がつづきます。うっとうしいけれど、あじさいの花がせめてものたのしみ。

あじさいの花は、ひとつひとつはほんに小さい。でも、それが集まってあんなに華やかな花になる。

「受験勉強も、あじさいといっしょなんだ」

って、去年の旺文社の夏期スクーリングで古典の先生（名前は、えーっと、たしか鳥居先生とかいった）から言われたことを思い出します。

「一週間に一回、二十時間勉強したって実力はつかない。毎日、すこしずつ継続してこそ実力はつく。あじさいといっしょなんだぞ。継続は力なり」

みたいな話だった……。ほんの一年前のことなのに、なんだかとっても昔のことみたいだけれど。

都築くん、体調はいかがですか？　雨がふるからって、ユングやブラッドベリばかり読んでいませんか？　次回こそはご両親にVサインを出せますようにと、わたしは心から祈っています。

わたしのほうは、いたって元気です。東短は東京のすごく中心地にあるわけではないのですが、近くにケーキのおいしい店とかたくさんあって、講義をさぼって食べに行ったりしています。色気より食い気だ、とアネキにもからかわれています。このあいだの連休にも、サークルの友達と吉祥寺《きちじょうじ》ケーキ屋めぐりをしました。

放送研究会に入ったのは言いましたよね。このサークルは東女《とんじょ》のサークルとちがって早稲田や立教も合同のサークルなんです。人数が多くて、わたしはいまだに全員の名前をよくおぼえていませんが、仲良しグループみたいなのはできて、ケーキ屋食べ歩きはそのコたちといっしょに行きました(もちろん、女のコばっかのグループ)。

ケーキばかり食べてて体重のことを心配してたのですが、今のところ増えてません(ヨカッター)。前に都築くんにもちらっと話したユミちゃんから、

「悦子って、ケーキが胸に集まるんじゃない?」

って言われてしまいました(そういや短大に入ってから胸が前よりちょっと……)。

都築くんはそっちで高校時代の友達と会うことありますか?

こっちでわたしはユーコとはよく会います。彼女は立教なんだけどサークルでまたいっしょになってしまいました。高校時代もわたしはしっかり者の彼女にずいぶん励ましてもらったけど、短大生になってからも相変わらず励ましてもらっています。しっかり者ではないわたしでは頼りないかもしれないけど、フレー、フレー、都築くん。来年はふたりで海に行きましょう。最近「カラオケ」っていうのが流行《はや》ってい

るそうですから、それでもいいかな。
合格をお祈りしています。では。

都築宏さま

昭和五十二年六月十五日　八木悦子

手紙、ありがとう。返事が遅くなってゴメン。夏は集中模試コースってのを択《と》って、なんだかんだと日がたってしまいました。八木がたのしそうでよかったです。おれは、島流しにあった後鳥羽《ごとば》上皇のような毎日である。暑いね。スイカを食い過ぎるなよ。じゃ、またな。

八木悦子様

8／31　HIROSHI

ユーコ、元気してますか。高校とちがって夏休みが長いからヘンなかんじだね。こないだ都築くんからハガキが来ました。そっけないハガキだった。連休にあっちに帰ったとき以来、あんまり手紙もやりとりしなくなっちゃって……。夏休みもとちゅうでこっちに帰ってきちゃったし……。

こんなに会えないと怖い。自分を見失いそうな気がします。と言うと「宏くんに会えなくて不安だわ」とか「宏くんに会えなくてさびしい」って思っているように思われるかもしれないけど、ちがうんだなー。

都築くんに会えないことがあんまりつらくない自分が怖い、っていう意味なんです。短大に入ってから、わたしの生活はずいぶん変化しました。ユーコならわかるでしょう？　高校時代からたった一年たっただけで、生活がぜんぜんちがうじゃない？　なにがどうちがうかって訊《き》かれたら、うまく答えられないんだけど、許される行動範囲がすごく広がったっていうか……。わたしなんかすごく平凡な短大生なんだろうけど、その平凡な短大生活でも、わたしにとっては新鮮だし活気にあふれてるし、都築くんのことを思い出す時間が日に日に少なくなっているのです。そんな自分が怖いの。

都築くんと久しぶりに会った日もマックでシェイクを飲んだだけ。だって彼は受験勉強があるし、時間をとらせては悪いし、お金を使わせても悪いし、結局、長々とマックの硬い椅子《いす》にすわってた。

都築くんは、会った日の前の日に映画を見たらしくって、その映画の話をしてくれた。『鬼火』とかいうフランス映画で、モーリスなんとかっていう男の俳優が出てる映画だけど、知ってる？

わたしは見てなくて、題名も知らなくて……。べつに、わたしの知らない映画の話されたからって怒ってるんじゃないの。ただ、なんていうのかなあ。なんて説明したらいいんだろう。

ノリがぜんぜんちがうのよね。会話のノリが。その『鬼火』とかいう映画は、主人公が最後に自殺する映画らしいんだけど、都築くんが言うには、主人公の男にとって、彼がもっとも活躍していた年月は嘘《うそ》で、自殺を決めてからのちょっとのあいだが本当なんだって。

ほんとはもっと長々と説明されたんだけど、よくわかんないから忘れちゃった。説明のあいだ、一応はうなずいてたけどね。

マックを出たあと、やったら疲れちゃって、せっかく会ったのにブラブラもせず、すぐに別れちゃったの。都築くんは浜進に行くって言って、わたしは家に帰って。それから次の日、すぐ新幹線乗って東京にもどってきちゃった。

東京にもどってきたとたん、なにをしたと思う？

わたし、久米《くめ》さん（早稲田）に電話したの。約束してたわけじゃないよ。なんとなく。ふと。思いつきで。そしたら偶然、部屋にいて、それで会おうってことになって、いっしょに映画を見た。『ロッキー』。すっごくおもしろかった。

久米さんに対しては今まで特別な感情を抱いてきたとか、意識してきたとかいうわけじゃないんだけど……。でも浪人中の都築くんといっしょだと気をつかっちゃうし、その点、久米さんはサークルが同じせいか、話も合うし、それに年齢が二年上っていうのが、頼れるかんじがする。

映画のあと、野村ビルの上のほうにあるお店に連れてってくれたの。すごく夜景がきれいで、わたし、ジーパンとトレーナーだったから、それがちょっといやで、

「もっとおしゃれしてくればよかった」

って言ったら、

「今日の洋服でじゅうぶんかわいいじゃない。おれ、女のコは二十五まではジーパンとTシャツとか、ジーパンとトレーナーとか、そんなふうな洋服がいちばんいいと思うな」

って、ほほえんでくれて。そのほほえみかたが、すごくやさしいかんじなの。

ユーコだけに教えるけど、こう言ったあと、

「とくに、えっちゃんはヒップラインがきれいだから、ジーパンはいてると、ぐっとくるなァ」

って、冗談っぽく言って、それがちっともいやらしくないんだよね、さらっとしてるの。

だから、カクテルをつい飲んでしまったってこともあると思うけど、公園を歩いてるとき、ぼーっとしてきて、それでいていい気持ちで、××しちゃった。足もふらついてたからベンチにすわったら、もうちょっともしちゃった(ショーゲキの告白をしてる)。

でも、もっと先は、やっぱりダメ。頭に都築くんの顔が浮かんで……。けれど、久米さんにもっと強い態度で迫られたら、頭に浮かんだ都築くんは消えてしまったような気がする。こんな自分が不安です。

遠藤優子さま　　　　九月六日　八木悦子

前略。島木、元気か？　たまにはハガキの一枚でもよこせ。

京都ってどう？　じとーっと暑いって聞いたけど、もう涼しくなった？　みんなしゃべるときに「どす」ってつけるの？

島木のことだから大学でもナンパに忙しくて、男の俺なんかに、「お調子はいかがかしら」などと、ハガキする時間はもったいないんだろうけど。

例の彼女とうまくいってるか？　なんて名前だったっけ？　平安女学院の子。合コンでひっかけたって言ってた子。いっしょに琵琶湖《びわこ》へ行ったらしいね。カンタに聞いたぞ。

カンが言うには、その子って原田美枝子に似た美人で、でもってタクシーで琵琶湖へ行って、そのあとタクシーをホテルの門にとめさせたんだって？

運ちゃん、あきれてなかった？　平安女学院娘もすごいよな、それでホテルに入ることイヤだって言わなかったんだから。

島木、おまえは高校時代、よく俺に金借りてたくせにタクシー代とホテル代でえらい出費じゃなかった？　バイトしてんの？

とにかく、たのしそうでうらやましいよ。

「浪人だろうが、なんだろうが、気にすることないじゃん。気分転換に女の子と遊べば？」

ってカンは言うけどさ、俺は決めたの。今年はストイックに生きるって。なにかを自分に枷《かせ》しとかなきゃ、受験勉強なんてやってられないよ、逆に。

こないださ『鬼火』って映画を見たんだけど。モーリス・ロネとジャンヌ・モローが出てるやつ。これはよかったぞ。すっげえ、ずっしりキた。島木はどうせ、こんな地味な映画見てないだろうが、俺はぜったいに推薦する。『鬼火』は見とけ。損しないから。

ある男はかつては華やかな日々を送っていた。しかし、彼は現在は孤独で自殺を決意する。ところが、俺が思うに、彼にとって過去の華やかな日々など虚構にすぎなかったんだよね。死を選択したときから銃の引き金を引くまでの二日間こそが、彼にとっては真実の二日だった。つまり彼が自分という人間の心の奥底までを目をそらすことなく直視した真実だった。

いい映画だった。模試の帰りに、気まぐれに入ったんだけどさ。

八木に会ったときに、この映画の話をしたんだけど、なんかノリが合わなかったなあ。俺、べつに八木には『鬼火』の話なんかしたくなかったの。

「さいきん、どんなことがあった？　かわったことあった？」

なんて八木が訊いてきたからさ、んなもん、あるわきゃないだろうが、浪人生に。なもんだから、ちょろっと口ばしっちゃったわけよ。そしたら、どこでこの話をストップしたらいいのかわかんなくなってきて、もうめんどくさいからずーっとしゃべってしまった。八木はつまらなそうな顔してて、俺も八木がつまらないのはトーゼンわかってるんだが、しょうがないよ、ほかにしゃべることも思いつかなかったしさ。

それより、浜口がどうしてるか知ってる？

あいつはたしか、京都府立大へ行ったんじゃなかったっけか？　大阪府立だっけ？

ま、浜口の顔も、今となってはよく思い出せない。なにもかもがどうでもいいや、ってかんじ。なにを思いついてもなにをやろうとしても「入試」ってやつがどっかとたちはだかってるからね。

とにかく、たまにはハガキくれ。

十月十八日　都築　宏

ナンパ王・島木紳助　大明神へ

ほとんど毎日、会っているのに手紙を書くのはへんなかんじだね。

でも、会っているとかえって話しにくいこともあるから、こうして手紙を書くことにしました。

エツ、お元気ですか？

なんて、元気なことはよく知ってるよ、さっきも会ったんだからな。でも手紙だと、なんか「お元気ですか」って書かないといけない気分になるのはどうしてなんだろうね。

やっぱり書こうっと。エツ、お元気ですか。

ボクは帰ってきてから、走って風呂屋《ぶろや》に行った。ほんとうは風呂に入ると、せっかくの××がとれてしまうのでもったいなかったが、しかたがない。風呂屋が一時でしまってしまうのだ。ああ、風呂のある部屋に住みたい。

風呂から戻って、カップ・ヌードルを食べた（それしか食料がなかった）。今日はあんまり食えなかったじゃない？　腹へっちゃってさ。

それから教育心理のレポートをやった。実はこれがあったのをすっかり忘れていて、あわててやった。あわててやったから、ほとんど参考文献を写したに終わってしまった。いけないことだ。般教の教育心理なのに、うかうかしてて去年は落としてしまったので、今回はなにがなんでもクリアーしないとなんないのに。

そんなわけで、レポートのつづきで手紙を書いています。

ところで、エツのほうは終電はちゃんと間に合った？　お姉さんに怒られなかった？　靴のかかと、なおしてもらえそう？

それからイヤリングは……片方ないよね。

今度、イヤリングをプレゼントするよ。まあ、なんというか、そおゆうことになったのは、つまり、片方のイヤリングをなくしてしまうハメになったのは、ボクのせいなんだしさ。それにしても落っこちたことなんか、ちっとも気がつかなかったくらい、×××だった。

「女のコに慣れてるのね」

って、キミはボクに言ったけど、とんでもない話だよ。必死で落ちついているようにしてただけであって、内心はアセってた。例の、あの、フロント・ホックとかいうやつ、知らなかったんだから。見たこともさわったこともなかったんだから。そんなヤツが「慣れてる」わけないだろ。

しかし、だ。アレは、仕組みをおぼえればボクにとってはたいへんつごうがよいことがわかったのである。アッ、こんなこと書いてしまってどうしよう。またアセるよ。

すみません。今、ちょっとボクは恥ずかしがってます。

ただ、エツと会ってて、こんなふうに会うようになってて、ボクは最近、きみの心がつかめなくなっているとこがある。

「高校のときにちょっとだけ好きだった人がいた」

って、前に言ったよね。彼のことが今でも気になるの？

だとしたら、なぜボクに会うのかな。なぜボクとああいうふうに会うのかな。

正直言って、ボクにも彼女がいました。高校時代からのつきあいだったんだけど、なんとなくうまくいかなくなってて。なにが原因というわけではないんだけど、価値観がずれてきたというか。

キミからはじめて電話をもらったときも、ちょっと彼女に悪い気がしてた。でも気軽なかんじで出かけたんだよ、あの日は。

信じてもらいたいんだけど、あんなふうな展開になるなんて、全然、予想してなかったし、そのあとも、自分の気持ちがこんなにもキミに傾くとは思ってもみなかった。だから、毎日のように会ってるんだけど……。

会うのはたのしいし、はっきり言って、ボクはキミが好きだ。キミがボクの腕のなかにいるとき、やわらかくて、あたたかくて、ボクはもっとキミとくっつきたくなる。それって、いやらしいことではないと思う。自然なことだと思う。

けれどキミがどうして、そんなに最後の一線にこだわるのかボクには理解できない。考えているとむなしくなるっていうか。

とにかく、エツ、お元気ですか？

八木悦子様　　　　　　　　　　　十一月一日　久米哲也

お兄さん、わたしはどうしたらいいのかわからない。どうしたらいいのかわからない。

なんだか自分がすごくだらしない女のように思われてならない。宏くんのこと、ちゃんとしてないのに、なんでお兄さんに会うのだろう。

会いたいから。

きっと答えは、それだけ。

会いたいから。

きっと、それが答え。

会いたいの「アイ」は、きっと愛の「アイ」。でも、こわいの。なにがこわいのか、よくわからないけどとてもこわい。

女の子にとって、それは大切なことなんです。いくら時代がススンだからといって、こだわってない人なんかいないと思うわ。

「こだわるなんてバカみたい」とか「こだわるなんて遅れてる」とか言う人だって、こだわってる証拠にそんなこと言うんだから。

ユーコのことを、お兄さんは、さばけている、って言ったけど、ちがうよ。まちがってる。

ユーコはだしかにわたしなんかより、しっかりしてるし、よく本も読んでるし、男の人とも平気でSEXの話をするけど、ちがうと思うの。ユーコだってこだわってる。こだわってるから、ユーコはユーコのこだわりとして、男の人の前でそういう話をずばずばすることで隠してるんです。

男の人は、そんな女の子の口先だけの強がりを真《ま》に受けてるだけ。女の子は、世界中の女の子は全員、こだわってると思うの。

たぶん、これから時代が変わっても、そうした女の子の気持ちはぜったいに変わらないと思う。変わるのは、そのこだわりをどういうふうに表に出すかってことだけ。

今はむかしとちがって、こだわりを表に出さないでいるほうが、なんかかっこいいというか、すてきっていうか、自由なことのようになっていますが、わたしはそこらへんがどうしたらいいのか、うまくできないんです。

ほかの人のように自分のこだわりを自分のペースとして、しなやかに表に出すということができない。

宏くんのことを気にしてるというより、わたしは自分で自分のこだわりをどうしたらいいのかがわからないの。

でも、宏くんのこともきっと気にしてるとも思う。宏くんのこと、好きだったし、合格してほしいし、傷つけたくない。

でも、お兄さんに会いたいという気持ちのほうが自分の心の中のシェアを占めてしまっているから、お兄さんには、いつも会うとうれしくて甘えてしまっているところがあって、無責任なことをしているようにも思います。ですが、わたしは、きっと、どうやって——

(十一月四日・悦子が久米に書きかけた手紙より。ここまで書いて、五分後にくず箱へ)

手紙、ありがとう。すぐに返事を書いたのだけど、書いても書いてもうまく書けなくて、結局、捨ててしまいました。

わたしは自分の気持ちが自分でもよくわかりません。けっして久米さんを困らせようとか、意地悪しようとか思っているわけではないのです。ほんとにわからないんです。

ただ、わたしに言えることはひとつだけ。どうかもうすこし待ってください。それだけです。

いつもいつも久米さんのことを考えています。考えないようにしようとしても考えてしまうのです。ふたりで行った『ジャック・アンド・ベティ』のマッチを枕《まくら》もとに置いて寝ているくらい。

久米哲也さま　　十一月十五日　Etsuko

あしたの3PM。新宿《しんじゅく》駅小田急線2番ホームで待ってる。

エツへ　　12／1　TK

It is getting colder and colder morning and evening. The leaves of the trees will soon turn red or yellow. (駿台・基本英文700選より)

宏くん、身体《からだ》に気をつけて受験勉強、がんばってください。

都築宏さま　　12・2　湯河原《ゆがわら》にて　八木悦子

PART II

拝啓。浅いながら、やっと春が来たね。

こんなふうに便箋《びんせん》に手紙を書くのは（レポート用紙ではなく）何年ぶりだろうか。もしかしたら、八木に書くのははじめてかもしれない。

ぼくらは同じ高校だったから、ずいぶん手紙やメモのやりとりをしてたけど、きちんと便箋に書いたことはなかったような気がする（八木はよくかわいい便箋に書いてくれたけどね）。

今日は久しぶりだったね。

どうにかこうにか入試が終わってやっとゆっくり会えたのに、なんか気恥ずかしかった。すごく長いことしゃべってなかったし、顔を合わせてなかったからだろうか。

ぼくより一足先にキャンパス・ライフを謳歌《おうか》していた八木にしてみれば、半年なんて一週間くらいのかんじしかしないほど、いろいろとにぎやかなことがつまっていたんだろうけれど。

とにもかくにも、しばらくぶりに会って、帰ってからいろんなことを考えた。

八木は最近のことを話してくれたけど、家に帰ってからのぼくは、なぜか高校時代のことばかりを思い出してた。なぜって、ぼくらが共有していた時間はそこにあったから……。

きみはぼくのすぐそばにいて、ぼくもきみのすぐそばにいた。さわがしい校舎で、ぼくらはいつのまにか、会えばいつも視線がよりそうようになっていた。

いつのまに、きみはぼくのすぐそばにいるようになったのだろう。ぼくは、きみが現れたときを知らない。ぼくらはいったい、いつ互いの名前を知ったのだろう。『おかめ』でお好み焼きを食べたときから？　NSPのテープを借りたときから？キスしたときから？　そんなことはすこしも答えになっちゃあいない。

きみは、きっと、いつのまにかぼくのそばに現れたのだ。そして、ぼくはそれを、いつのまにか当然のことと思うようになっていた。たとえぼくが受験で会う時間がなくても、いつもきみはぼくのそばにいると、そんなふうに錯覚するようになっていた。けれど、それはぼくの勝手な幻想にすぎなかったのだ。環境のちがいはかくも人と人をひきさくのだろうかと、ぼくは今日、痛感した。

空白の時間はあらがうことあたわぬ力を、ぼくに見せつけてくれた。しばらくぶりに会ったきみは、もうぼくの知らないきみだった。

きみの顔もきみの手もきみの声も以前と変わってはいないのに、きみはぼくから遠いところにいるように思われてならなかった。

髪をのばしたんだね。よく似合ってた。サーファー・カットというのかな、あの髪形は。片方だけイヤリングをしてるのも、しゃれてるかんじだった。ピンクの口紅もよく似合ってた。口紅をつけたきみをはじめて見たけど、高校生じゃない顔になってた。口紅とおなじ色のマニキュアも、きみの手を、それは、以前のきみと同じ手であるにもかかわらず、ちがう手にしていた。でも、そんな外見的なことではなくて、もっと空気のようなもので、ぼくはきみを遠く感じた。

高三のときの文化祭で、島木とぼくが体育館でうたった歌、おぼえてる？　もうきみにとっては、とりたてて印象にないことなのかもしれないけど、ぼくの脳裏にはあの歌が今しきりにこだまする。

「時がゆけば幼いきみも大人になると気づかないまま。今、春が来てきみはきれいになった。去年よりずっときれいになった」

イルカの歌。この歌の気分でペンをおきます。

昭和五十三年二月二十七日　都築　宏

八木悦子様

前略。

都築のところの大家っておっかなくて電話がかけづらい。あれ、もうちょっとなんとかなんないのかね。こないだなんか、まだ十時だってのに、

「こんな真夜中に電話をかけてくるなんて。都築さんも迷惑してるんじゃないの」

なんて言われてしまうたぞ。あんなウルサイ大家だと、電話にかぎらず住みにくくないか？

オレんとこは三人だけ入ってて、廊下にピンクが一台。今度、引っ越すならせめてこれぐらいのところに越せよな。明治のそばに学生向きの不動産屋くらいあるだろ？いくらなんでもあの大家はヒデーよ。しかたないから、ガラにもなくこうして手紙を書くはめに……。

都築になんか手紙書いてると、なんか中学時代の班ノートを思い出すよ。班ノートって、そういやけっこうおもしろかったな。オレ、班ノートに漫画を描くのに燃えてた。授業中の定番内職が班ノートだった。オレの場合。

そんなオレは、今も哲学の講義中なわけで、三つ子の魂百まで、ってこれって、こういうときに使うんじゃなかったっけ。

そんなことはともかく、用件、用件。

夏休みに入ったら、カンタたちなんかといっしょに新島《にいじま》に行かないか、って案が出てるのだが、都築はなんか予定が入ってる？

七月の後半くらい。前半、バイトしてさ。民宿利用なら安く上がるっていうし。も

し行くんなら京都組のほうで計画立てるから。

オレんとこは電話は夜の十二時までOK。返事乞《こう》。

都築宏様

6／12
島木紳助

前略。こないだの電話があんまり暗かったんで、ちょっとびっくりした。お前、浪人時代から本をよく読むようになったよな。本はあまり読まないほうがよいぞ。これはオレのポリシーです。それとも例に洩《も》れず五月病か？　五月はもう終わったぞ。明治大学では一月《ひとつき》遅れてんの？　新島のこと考えといてくれ。

ヒロシへ

6／22
シマ

拝啓。

都築、悪かった。

せっかく京都まで来てくれたってのに言いすぎたよ。オレはなにも美鈴ちゃんのことを誹謗《ひぼう》するつもりはなかった。ただ、向こうはプロなんだから、深入りすることはかえってお互いにとってよくないんじゃないか、って言いたかった。

たしかにオレは美鈴ちゃんのことを知らない。都築が言うように、ふつうのトルコの子とはちがうのかもしれない。でも、その子とだけつきあって世界を狭くしてしまうのもよくないと思った。

八木とはもう会ってない、って言ってたけど、なにも会わないって決めることないじゃないのかなあ。八木とも会えばいいじゃないかって思う。八木にはつきあってる男がいるからって都築は言うけど、それ、たしかめたわけ？ それに、たしかめたところで、つきあってるやつがいたって、べつに会ったっていいんじゃないのかな。結婚してるわけじゃなし。

とにかく、せっかくの大学生の時期を、そんなにこりかたまらなくていいと、オレは思うよ。煮つまるにはまだ早いよ。

都築へ　　　　6／30
島木

拝啓、都築へ。

さっきはピンク電話があっけなく切れてしまったのでこうなったら、とことんオレの考えを書く。

オレは悪かったと前に言ったけど、オレにだって譲れないところはある。電話だったからもしかしたらオレの言い方がまちがって伝わっていたかもしれない。けど、譲れないことは譲れない。

美鈴ちゃんはプロだ。それが何で誹謗になるわけ？　事実だろうが。美鈴ちゃんの職業がトルコ嬢であることは、事実とちがうか？

都築はオレとちがって浪人した。その一年は、オレよりも考えるところの多い一年だったのかもしれない。たしかに、オレは都築の言ったとおり、ケイハクな私立にホイホイと推薦で行った。オレだってがんばったとは思ってない。ラクな道を選んだってことよくわかってるよ。

でも、浪人する気はなかった。オレは浪人には向かないタイプだって思ったから。浪人しても同じ結果になるタイプだって思ったから。それは、オレなりの決断だった。

そして、大学生というモラトリアムの切符を手に入れたオレは、それをフルに活用しようと思った。思ってる。

よそから見れば、オレなんて、ちゃらんぽらんな三流大学の学生にしか見えないだろう。でも、ちゃらんぽらんにやってみるなかで、なにかの可能性を見つけてやると、いくらオレだってそれくらいのことは思ってるよ。

なにもせず机の前でうだうだ考えててどうなるというのか。どんなことでもまずはやってみないとわからないじゃないか。

ハズレをひいてもいいとオレは思ってる。ハズレなんか百枚ひいたっていいと思ってる。ハズレをひいてるうちに、なんかキラッと光るもんが一枚あったらいいって、そのほうが、生きてるって思うから。

美鈴ちゃんのことをオレが頭ごなしに嫌っていたり、誹謗していると、なんでそんなふうに考えるのか。

7／2（全然関係ないけどさ、この日って南沙織の誕生日だよね。中学のとき、好きだったなー）

島木

都築宏様

あー。おまえのところの大家のために、オレはまた手紙をかくはめになっている。だから、言っただろう。誹謗する気もないし、嫌ってもいないよ。オレだってトルコには行ったことあるよ。高いからそんなには行ったことないけど。トルコ嬢とやるなと言ったんじゃない。プロはプロだ、と言っただけだ。それから狭いつきあいになるのはよくない、って言っただけだ。もう、何度、同じことを言わせる。それに、オレ、同じことを手紙に書いてる気がする。

都築へ　　7／5　シマ

前略。

都築、こないだはまたも京都まで泊まりに来てくれて楽しかった。おかげで、翌日は頭がガンガンしたけど。持ってきたあれ、ほんとにシーバス・リーガルだったのか？　瓶だけシーバスで、中身はレッドじゃなかったの？　シーバスは二日酔いしないって聞いてたのであるが。

しかし、オレ、なんでこんなに都築に手紙、書いてんのか、自分でも笑っちゃうよ。中学のときからのダチなのに、今さらになってこんなに手紙書いて。しかも、女の子どうしが手紙のやりとりするのは、なんかキレイっぽいけど、野郎どうしがさあ……。なんか夏目漱石とかさ、教科書に出てくる小説のなかの「友人」みたいで笑っちゃわない？

でも、こないだは都築とじっくり話せてよかったよ。

美鈴ちゃんが初体験だったとは。知らなかった。なんとなく、都築のこだわりがやっとわかったような気がした。

初体験だからっていうんじゃなくて、初めてのときが、そんなふうないい人だったんなら、って意味で。

オレ、あの日、ちらっと言ったと思うけど、浜口のこと、好きだったの。浜口とは、ときどき会ってた(京都府立だからさ)。あの日は、軽く言ってたけど、会うときはもうたいへんだった。いろんなこと考えちゃって、いろんな計画たてて。浜口に会うためにバイトしてたようなもんだった。あいつの帰りの電車賃まで、オレ、出してた。それがどう？　成果はゼロよ。浜口にとっては、オレと会うことなんか、ほんのヒマつぶしだったんだと思うよ。

都築が泊まりに来たあの日は、オレにもヘンな意地みたいなのがあって、うまく都築に説明できなかったけど、今、レポート用紙に向かって書くと、すんなり認められる。

オレは浜口のこと、高校のときから好きだったし、大学生になって会うからにはなんとしてでも彼女にしたかったけど、浜口にはそんな気はまったーくなかったんだよな。ヒマつぶし。ただの。

それが、会ってるうちにこっちにも伝わるようになっちゃって、伝わっちゃうと、もうあかん、ってかんじ。浜口の欠点ばっかりに目が行くっていうか、疲れるっていうか、あげくは、

「こいつ、なんの気してんだよ」

って、ハラがたってくんの。かわいさあまって憎さ百倍、って、これはこういうときに使っていいんだっけか？　オレ、あんまり本を読まないから苦手。ことわざとか

熟語とか。

そんなときだったんだよ。あの日に打ち明けた子と飲みに行ったのは。気取ってるかんじの子でさ。美人度は浜口より上だった。

いかにも帝塚山《てづかやま》ってかんじの子でさ。美人度は浜口より上だった。気取ってるかんじも上。たぶん、浜口をみかえしてやりたいっぽい意地があったんだと思う。

「どうせ、オレなんかこいつのヒマつぶしの相手だよな」

みたいな気分でいたから、なんかかえって強気になれて、ほとんど腕ひっつかまえてってノリでホテルに入ったの。

部屋に入って、ま、そういうことになるわな。そしたら、急にアセってしまったよ。そんで、あの日に言ったような罵声《ばせい》をあびせられたってわけ。そんでも結局はヤラセたわけだから、今から考えると、ヤリたいんだったらいばるなって怒りたい。

都築は嫌いだったかもしれないが、保健室の加賀美は、そういう意味で潔《いさぎよ》かったし、やさしいと思ってた。都築の美鈴ちゃんに対する感情もオレの加賀美に対するようなもんであるはずなのに美化してるように思ってた。

でも、オレはオレで都築は都築なんだよな。オレはその方面はあんまりおもしろい体験やウルワシい体験ってなくて、それが現実ってもんなのさってタカをくってたとこあったから、都築の美鈴ちゃんの話は、なんていうか映画の話を聞いてるみたいだった。

だってオレたちとほとんど同じ年齢なのに借金のためにトルコ嬢になったって、そんなの、ヤクザがらみの女以外に考えられなかったし、自分の家に都築を呼ぶっていうのも、料理を作ってくれたっていうのも、なんかドラマみたいだった。よく外国の映画なんかであるじゃない？　経験豊富な女（しかもたいていスタイルがよくて美人の女優がする）が少年役に手取り足取り教えてくれる、っていうふうな場面。都築の話を聞いてて、オレ、そんなの思い出したよ。

そんな初体験ができたのはおめでとうだと、オレは言う。

しかしそれはさておき、新島のことはやっぱり考えておいてくれ。

都築へ

7／10　Sより

島木、いろいろとありがとう。

彼女の身の上話は、俺も本当かどうかわからない。嘘《うそ》なら嘘でいいように思うから。というのは、嘘をついて俺をだましてやろうとしている嘘じゃなくて、あんまり言いたくないことがあるからそう言ってる嘘だと思うから。

でも、彼女の部屋で俺と彼女が、そのときに話したことやしたことというのは嘘ではないから、それだけで俺はいいと思ってる。

島木の言うことはよくわかる。俺はべつに彼女と恋人どうしになりたいとか、そういうことではない。

俺だってああいう店に行ったのは、島木の言った表現をまねるなら、それなりの決断、で行ったんだから。それが、たまたま、彼女は、職業のことをぬきにしても、すごくやさしい子だったってことで、それだけなの、俺がこだわってたのは。やさしいっていうか、おおらかっていうか、そんなかんじの子。

新島へは、なんとか金を作ることにします。飲み過ぎないように。それからあれは、正真正銘のシーバス。彼女がくれた。

シマへ　七月十六日　H・T

えーっと、このあいだは心理学の代返、ありがとう。ささやかなお礼におてまみを書いてあげるネ。この便箋《びんせん》はミポのとっておきのお気に入りのヤツです。かわゆいでしょ？　リトル・ボードビル・デュオはサンリオのなかで一番好きなの。こーこーのときは、スヌーピーで統一してたんだけど、リトル・ボードビル・デュオに出会ってからは即、こっちに乗り換え。

リトル・ボードビル・デュオは色あいがちょっと大人っぽくて品がいいからスキ。犬もかわゆいし、男の子クンがきちんと蝶《ちょう》ネクタイしてるとこなんかも、かわゆくって。

でも、あんまりこの便箋がかわゆいので、使うのがモッタイナイかんじして、使えなかったケチな女がミポなのでした。

はじめてこの便箋を使ってあげるのが都築クン。心理学は代返が難しいでしょ。けど、あの日はどーしてもコナーズの試合が見たくって、心理学をとるかテニスをとるかでずいぶん悩んだけれど、コナーズのスマッシュに野村教授はストレート負けしてしまったのでした。

ほんとはあの講義、あたしってばもう半分、おっことしかけてたから都築クン、ほんと恩にきるー。秋になったらマフラーを編んであげてもいいくらいだよン。

都築クンはいつもアメカジだけど、アメカジに合うマフラーっていったらどんなのかなー。落ち葉の窓辺で編み物するのも、わりといいかも……なーんて、ついついメルヘンしちゃいます。

服はいつもどこで買うの？　都築クンならボートハウスのトレーナーでキメてみるのも似合いそうだよ。あたしはハマトラはしないけど。ハマトラとかニュートラって、いまいち、いや。

ＪＡＬ系大学の女のコって、これが多くない？　ミッション学校の慣例かしらん。あたしは、フラッパーのノリは好きだけどハマトラはね、ってところ。あんましブランドって興味ないの。ブランドはブランドでも、サンリオとかソニーとかボビーソクサーとかの、あーゆー、かわゆいグッズ系だけなら興味あるけど。ＪＡＬ系大学の女のコみたいにはなれない。リキんでる、ってかんじして苦手。うちの親としては、あたしをＪＡＬ系に入れたかったみたいなんだけどさ。

なんか明治のほうがサッパリしてるかんじで、あたしに合ってるって思ったの。あたしって、根が男っぽいんだよねー。

他の女のコみたいに、仲良しペアを組んで行動するってことが苦手なんだよね、実は。あ、仲良しペアって男のコにはわかんないかも。

女のコがトイレにいっしょに行ったり、体育館へ移動のときにいっしょに行ったり、音楽室へ移動のときにいっしょに行ったりするコンビのこと。大学だと、コンパのときには必ずいっしょに参加したり、バーゲンや買い物のときにいっしょに行く仲良しのこと。それをペアっていうのでーす。

ヘンでしょ？　男のコから見たら。ヘンだと思わない？　あたしはすっごくヘンだと思う。そりゃ、あたしだって仲の良い女のコはいるけどさー、いつもいつも金魚のフンみたいにくっついてるのがキライなの。

それに女のコって、なんか、ものの考え方がウエットっていうか、なよなよとしてるっていうか、ふんぎりが悪いっていうか。

あたしってサバサバしてるんだよね、なんでも。こだわらないっていうか、ドライっていうか。

こないだも、こーこーのときのトモダチだった男のコ三人と、あたしと、他にA子とB子と、計六人で会ったの。久しぶりに会おうぜ、ってかんじで。新宿のタカノでお茶してて、それから、男のコたちはマージャンしようかみたいなこと言って、

「でも、三人だからメンツがたりないよな」

って言うから、あたし、マージャンって二、三回しかしたことなかったけど、とりあえずやってみてもいーかなー、なんて思っちゃったりしたから、

「あたしでよかったら、やってもいーよー」

って提案したの。A子とB子はもうびっくりしちゃってさー。

「いやだあ、マージャンなんて。本気で言ってるの？」

なんて言ってイヤがって、先に帰っちゃって。ヘンなの。女のコがマージャンするのがそんなにびっくりかなァって、あたしのほうがびっくりしちゃった。

それでマージャンの結果でありますがァ、えー、ご報告いたします。ボロ負け。でもたのしかったヨ。

あたしって、こーゆーかんじでこだわらないんだよね。男のコといっしょにいるほうがノリが合うみたい。サバサバしてるから、男のコのほうも、あたしを女扱いしないし。

「まったくー。おまえって色気ないよなー」

なんてことまで、よく言われちゃうし。自分でも認める。色気ないんだよねー、ホント。髪の毛がこれで短かったら、男のコか女のコか判別不可能なんじゃないかな。なものだから、せめて小物や文房具はリトル・ボードビル・デュオとかのかわゆいグッズでそろえてフォローしてるわけです。焼け石に水かもしんないけど。ま、根が男っぽいのはどうしようもないけど、マフラーくらいだったら編めると思う。色はどんなのがいいか、考えといてネ。じゃあ、バイビー。

十月三日　中川美穂

都築宏サマ

マフラーとルービック・キューブをどうもありがとう。それから昨夜は、どうもありがとう。あんなに泣くなよな。女のコは笑ってたほうがかわいいと思う。

草々

11・3　都築　宏

中川美穂殿

ヒロくん……って呼んでいいですか？　よーし、了解を得なくったって呼んじゃうゾ。

あたしなら大丈夫。もう平気だよ。あの日はびっくりしただけ。だって、ヒロくんのこと親友みたいに思ってたから。

あたしって、男のコばっかりのグループにひとりだけ女でも野球の試合を見に行ったりするんだよね。ちなみに巨人の大ファン。しかも角《すみ》のファンだったりする。こんなだから、男のコのほうも、あたしのことは女ってふうには見てくれなくて、自分でも自覚してる。サバサバしすぎだよ、って反省してしまうくらい。だから、ヒロくんのことも親友っていったらヘンな言い方かもしれないけど、とてもたいせつな友人っていうかそんなかんじでいた。年齢が一つ上でも学年いっしょなんだし、あたしってなにせサッパリ型だから、そーゆーことあんまり気にしないで接するし。フツーの女のコよりも、自分が女のコであることの自覚がたりないのかもしれない。あの日も、だから、ヒロくんをお部屋に呼んだのは、トモダチ感覚だった。ううん、あのことはいいの。あのことで泣いたんじゃないの。あたしが泣いたのはおどろいたから。ことばにおどろいてまさか、あんなふうなこと言われるとは思わなかったから。ことばにおどろいて、知らないうちに涙が出てきたの。

かわいい、っていうことばは、もっと女らしい人のためにあることばであって、ぜったいに自分のためにあることばではないと思ってた。ハンカチや文房具や、そんなものをかわゆいものでそろえる。そのていどのことが、あたしにできるせいいっぱいのセンで、あたしみたいな女にはかわいいことは似合わないと思ってた。

ヒロくん。あたしのほうこそ、ありがとう、って言わなきゃいけないね。ヒロくんに会って、あたしはなんとなく、前よりスナオな性格になれるような気がします。

十一月七日　ミポ

ヒロくんへ

拝啓。

木の葉も色づきはじめました。その後、お元気のことと存じます……と、こんなかんじでよかったんだっけ、手紙の形式というのは。

このあいだはお互いにびっくりしましたね。まさか『旅芸人の記録』を見に行って都築くんに会おうとは。三時間五二分もの長い話のあとだったから、眼精疲労による見間違いかと思いましたよ。

だって、時久しくお顔を拝んでいなかったから、さいしょは一瞬わかんなかった。もしかして高校以来じゃない？　私、同級会にも出席してなかったしね。そういや悦子にもずいぶんと会ってないな。

都築くん、会ってるの？　悦子、短大卒業して都内で花のOLしてるよ。でもOLと学生とじゃ、やっぱり時間があわないみたいで私も会ってないんだけど。

最近になって、ときどき高校時代のことをなつかしがったりします。卒論で部屋や図書館にこもる日々がつづいてるとね。なんとなく。それで手紙なんて書いてみました。さっきまでヘンリー・ジェームスのやつ訳してて、頭痛くなってきてさ。こっちの頭のネジが回転して外れ落ちてしまっただよ。

都築くんは来年三年だから、まだのんびりしてられるよね。島木くんなんかは就職戦線なんじゃないのかな。島木くんとも会ってないけど元気なの？　まあ、元気なんでしょうね、彼なら。

私は就職はせずに大学院へ進む予定でいます。教授（といっても目下話題のリューイチ・サカモトではない）が翻訳のバイトを世話してくれるっていうし、それと家庭教師の収入でやってこうかなと。

ああやって偶然会ったのもナンかナンかなので、せっかくだから、また、たまには会おうよ（悦子もいっしょに、ってのはマズイのかな？）。

『旅芸人の記録』はデートで来てたの？　いっしょにいたギャーッってくらい色っぽい女のコ、ミホさんとか言ったっけ？　どうぞ学生の身分をたのしんでください、三年のうちに。じゃ、末尾ながら御身《おんみ》御自愛《ごじあい》ください。

敬具

十一月二十三日　遠藤優子

都築宏様

追伸
よけいなお世話だろうけどさ、こないだすっごいヘンなマフラーしてなかった？　それ色の配色がまるでサンリオ・ショップなんだもん。あんなのどこで買ったの？　それとも都築くんには小さい弟さんがいたんだっけ？　弟の借りてたの？

前文御免《ごめん》。今、都築くんからの電話を受けた直後です。あんな一方的にしゃべってガチャンと切るんじゃ、わけわかんないよ。私がなにを言ったって？　怒鳴るからよく聞き取れなかった。マフラーのこと？　じゃあ、訂正する。あのマフラーはとてもファンシーでキュートです。とにかくもっと理路整然と説明してください。

草々

都築宏様

11・26　遠藤優子

前略。せっかく手紙と電話をもらったのに、あんなふうに切ってしまってすみません。謝ります。べつに怒ってたんじゃないのです。うちの大家はすごくうるさくて、十時以降は電話を使ってくれるなと言うのです。それで、あのとき腕時計をチラッと見たら十時になりそうだったからあわてていたのです。遠藤のところみたいに自分の部屋に電話があるわけじゃないんで……。どうかそのへんの状況はおさっしください。

それと、怒鳴っていたっていうのも誤解です。大家の電話が古くて、ジーッ、ジーッって雑音が入るから遠藤の声がよく聞こえなかったために知らないうちに声が大きくなっていたのだと思われます。

サバサバしてるようでも、女のコは女のコなんだな、って、ぼくは言いました。そんな感慨をちょっとだけ遠藤に言いたかったのです。

草々

11・30 都築宏

遠藤優子様

拝復。

そのへんはちゃんと聞こえましたよ。でも、ほんとにサバサバしてたら自分でサバサバしてるなんて言うかしらね。女はよく、自分は男っぽいって言いたがるけど、そんなのはお――


(遠藤優子が書きかけて捨てた手紙より)

第三章　ネクタイ

PART I

拝啓。

一雨ごとに春めいてきましたね。その後、お元気ですか。

このあいだは久しぶりに会えたと思ったら、二時間でさよならになってしまい、残念でした。なかなか会える時間が一致しませんね……。

そう、時間。これがどんなに大切なものか、わたしは去年から痛感していたのです。

短大を出て、会社に入って、もっとも変化したことは「時間」でした。

　自分の時間、好きなことをしている時間、行き当たりばったりでぶらぶらと過ごしてしまう時間、そんな時間は、学生のあいだだけのものだということを、わたしは去年のあいだにいやというほど思い知らされました。

　はじめての会社勤めで、のろまなわたしは失敗ばかり。上司や先輩ＯＬに注意されて、そんな日はお兄さんに会いたかった。でも、電話をしてもお兄さんはいないし、しかたなく同期の子といっしょにごはんを食べに行ったりしてました。

　かなり遅い時間に電話した日もあったのに、いつもお兄さんはいないし……。やっと会えても、会社の帰りだったりすると、なんだか疲れていて、お兄さんのほうの仕事のことを一生懸命に聞いてあげられる余裕がなかった。ごめんなさいね。

男の人からすれば、わたしのようなOLの仕事なんてラクなもんだ、って見えるかもしれません。

きっとお兄さんだけじゃなくて、男の人全員がそう思ってるんでしょうね。OLってラクなんだって。

ラクであろうようなことしかさせてもらえない辛《つら》さや、その範囲内でがんばるとかえってケムたがられるから、力かげんをいつも考えていなければならない辛さ……こうしたことを、だんだん感じるようになりました。去年は、社会人一年生だったので、なにもかもが初体験で、そのうえ、もともとが頭の回転がのろいものだから、必死でした。

電話の受け答えすら、学生のときのようにはいかないのですから……。手紙を書くのだって、お茶をいれるのだって……。会社に入ったら、学生のやりかたでは通りませんよね。

だから、今年になって少しは社会人として時間のやりくりがうまくなるんじゃないか。お兄さんともいろんなことがもっと社会人同士で話し合えると思ったんです。でも、甘かったです。

ほんとうに時間が合わないですね。

まだ去年のほうが、お兄さんに担当作家がいなかったから会いやすかったくらいですね。

同期の子と話をしていると、彼女なんかは、「なんで、そんなに会えないの?」って、ちょっとふしぎそうです。その子も彼がいるんですけど、商社なので、だいたい会える時間が一致しているそうです。

会社員とか、サラリーマンとか、OLとか、ひとくちに言っても、職種によってずいぶんちがうんだなって、わかりました。わたしは出版社というところが、まさかこれほどまでに不規則だとは思いもよりませんでした。ほんとうにこれほど不規則だとは。

夜中の二時に仕事相手と待ち合わせをするということが、私には気絶しそうな非常識さです。

わたしはお兄さんにもっと会いたいし、いろいろなところにいっしょに行ってみたいのです。もうすこし会える時間がほしいです。

不規則な生活で身体《からだ》をこわさないように。春先のカゼには注意してください。

敬具

昭和五十六年二月二十六日　八木悦子

久米哲也様

手紙、ありがとう。こないだはあわただしくて、ゴメンナサイ。

ぼくもエツと会う時間をつくりたいのだけど……。

といっても、エツのように疲れるってカンジはあまりありません。第一希望の会社に入れてラッキーだったという思いのせいかな。いくら出版業界は早稲田が強いからといっても、ぼくは成績が悪かったから半ばあきらめてたのに……。

しかも、文芸誌に配属されて、ラッキーの二乗だったと思ってます（やっぱ、文学部卒の学生の王道だと思ってる。どんなにほかのやつがテレビ局とかに行きたがってても、そういうやつは経営学部でも文学部でもなんでもよかったようなやつだったんだって思ってるから、ぼくは文学部しか受けなかったし、出版社にしか行きたくなかった）。

もちろんエツに会いたくないわけじゃないです。なんとか時間を合わせるようにします。

電話は遅くてもいいからじゃんじゃんください。夜でもいないかもしれないけど、べつに他の女と会ってるわけじゃないからね。

じゃ、また
エツへ　3／2　テツ兄

前略。

こないだ電話で、なんだかケンカみたいになっちゃって、とってもイヤな気分だから、手紙にします。

あのとき、わたしはべつに問いただすとか、疑うっていうんじゃなかったんです。ただ、お兄さんが女の人と青山《あおやま》にいたのを同期の子が見たって、それだけの話なの。わたしはごく軽い気持ちで言っただけ。

その人とお仕事で会ってたというのも、もちろん信じてるし、あの電話で、どうしてお兄さんがあんなにこだわったのか、わたしのほうこそびっくりしたくらい。

それより、わたしがちょっとカチンときたのは、わたしの仕事のことについて、お兄さんがあまりにも軽い返事（そういうふうに、あの電話では感じた）をしたことなんです。そのへんについてを、わたしは「誤解」ということばを使ったんです。

書類の記入ミスのこと、わたしはわたしなりに反省しているし、それをお兄さんになぐさめてもらおうなんて気はなかったんです。ただ、そのミス内容がどういうものであったかを伝えただけなのに……。

それから同期の子に、わたしはべつになんでもかんでもしゃべっているわけではありません。お兄さんの名前も言ってないし、どういうふうなことをしているとかも言っていません。

六本木《ろっぽんぎ》に行ったとき、その子と会ったじゃないですか。それで、その子はお兄さんの顔をおぼえていて、それで、青山で見かけたって言ったのだと思います。べつにその子だって、スパイのような気持ちで言ったのではなくて、軽い気持ちで言っただけだと思う。

だから、お仕事、がんばってください。でも、来週の週末だけはゆっくり会おうね。チョコレートのお返しは、ゆっくりした時間がほしい。男の人って、バレンタインの日には「チョコレート、チョコレート」ってさわいで要求するくせに、ホワイトデーのことはすっかり忘れるんだもの。

編集のお仕事は忙しいだろうけれど、ホワイトデーだけは空《あ》けておいてくださいね。オネガイ。

三月七日　悦子

お兄さまへ

前略。

電話をかけても切られてしまうので、手紙を書きます。

ホワイトデーの日はほんとうにほんとうにほんとうにほんとうにごめんなさい。その日、入稿《にゅうこう》しないとならないのに、一人だけすごく遅れる人がいたのです

（ほんとです。このさい名前バラしますが、頼近リンタロウ先生ですよ、あの）。

このつぎ、かならず埋め合わせをするから。ほんとうにごめん。だから電話は切らないでください。

3／16
エツへ
テツ

前略。

あれが埋め合わせなのかと、家に帰ってから涙がにじみました。

赤プリをとってくれたのはうれしかったです。ルームサービスで食事なのもうれしかったです。

でも、食事も終わらないうちにお風呂《ふろ》の用意をされて、なんだか、そのためだけ、ってカンジがした。あのあとだって、まだわたしが服を着ていないのに、電話をかけてるなんて、ものすごくつらかった。

わたしは、正直言って、お兄さんの仕事のやり方にはついていけません。

3／19
E

前略。

もう、また電話を切る。あれ、やめてくれない?

このまえのこと、もし、ぼくがきみを傷つけたとしたら、ごめん。でも、あの日はほんとはまた会えなくなるはずだったんです。でも、なんとか時間をつくりたかったので、つくった。そのへんも、お察しください。

編集の仕事ってわかりづらいかもしれないけど、これこれこういう仕事だって、ひとことでは説明できません。とりあえず、ぼくは文芸局だし、いいものを書かせるのがぼくの仕事なわけです。

きみは、そんな作家知らない、聞いたこともない、ってどなったけど、たとえきみが知らなくて聞いたこともない作家であっても、ぼくの仕事はその人といいものを作りだすことなんです。

もちろん、ぼくはこの業界に入って日が浅いから、アシスト的な担当編集者です。でも、業界の常識を知らないからこそ、長くこの業界にいる編集者にはない発想と情熱を持っているつもりだ。

文芸局にある古い慣習や常識をやぶって、意外な作家に意外なものを書かせてみたいし、そうした意欲はたんに漠然とマスコミに憧《あこが》れて入ってきたやつとは全《まった》くちがうと自負している。

二十五日、夜の十一時でよければ会おうよ。場所をどこにするかは追って電話で連絡したいので、ぼくが「もしもし」と言ったとたんに切るのはやめてください。たのむよー。

エツへ

3／20　テツ

前略。

わたしにはわかりません。どうしてもわかりません。

お兄さんは、頼近リンタロウさんという人に呼ばれたら、わたしが死にそうでも出かけていくのではないのですか？　そんな気がします。

いくら仕事だからといっても、いくらなんでも、深夜の一時に、なんで会わなければいけないの？

いい作品を書かせたいというお兄さんの話はよくわかります。応援もしています。でも、深夜の一時まで会う必要があるとは、どうしても思えません。

頼近さんという人は自殺するような人だから、とお兄さんは言いました。そんな説明、もっとわかりません。じゃあ、わたしは自殺を考えたことがないとでも思いますか？　わたしだって考えます。

人間ならだれでも自殺を考えることはあるのではないでしょうか。頼近さんだけではないと思うのです。

このあいだなにかの雑誌で頼近リンタロウの写真を見ました。女優さんと噂《うわさ》になってた。そういう人が自殺を考える人なんですね。

お兄さんは、いろいろとわたしに編集の仕事のことを説明してくれるけど、それは言いわけのような気がする。お兄さんの頼近リンタロウに対する態度はどうみたって、仕事の域を越えています。

なぜ仕事相手の人とそんなに密着するのかまったく理解できません。

仕事の時間とプライベートな時間と、お兄さんにはいったいどういう区切りがあるのでしょうか。その区切りのなさがわたしにはわからないのです。区切りあるなかで、お兄さんが仕事にうちこむならわたしにだって理解できるのに……。

久米さま　　エツ

電話をありがとう。切ったのは疲れてて話したくなかったからです。

わたしはお兄さんの仕事ぶりを非難してるわけではありません。わからない、と言ってるだけです。

わたしには奇異に見えるのです。頼近リンタロウのことだってわからないし、それにもっともっとわからないのは黒田あゆ子という人のことです。なぜお兄さんが黒田あゆ子の磁気ネックレスをしなければならないのか、すごくヘン。肩こりに効くんだよ、なんて、笑ってたけど、それだったら、なぜ新品の磁気ネックレスを買わないのですか？　黒田あゆ子がしていたものをお兄さんがするなんて、そんなの、まるで恋人同士のようです。不自然なくらい仲がいいと思う。

「本人に会ってみたら、なんでもないってよくわかるよ」

お兄さんは言いました。なんでもないって、肉体関係がないという意味でしょうか？　お兄さんのことはわたしはよくわかっているつもり。サークルの中でのお兄さん、わたしとふたりだけで会うときのお兄さん、三、四人くらいで会うときのお兄さんを、わたしはキャンパスにいるときから見てきました。

だから、お兄さんが嘘《うそ》をついているとは思いません。黒田さんとなんでもない、っていうお兄さんのことばをわたしは心から信じます。お兄さんのことはよくわかっているつもり。それが嘘ではないことは、わたしもわかるのです。信じられます。

でも、不自然です。お兄さんと黒田さんはすごく不自然なの。お兄さんが黒田さんの話をするときの雰囲気は、わたしの知らない人なのです。黒田さんと関係がないなら、それが不自然。というより、たとえ関係がなかったとしても、関係のある男女以上の関係のようなものを感じます。それを不自然だとわたしが思うのは当然ではないですか?

久米哲也様

'82・3・27　八木悦子

かしこ

先日はありがとうございました。

ところで、あのあと本屋に寄って、バリ島の写真集を買って電車のなかで見てたら行きたくなったので、とちゅうでおりて航空券をとりました。あさっての便があったのであさってからいません。帰国日はちょっとよくわかりません。また連絡します。

久米哲也さまへFAX一枚

3/30　黒田あゆ子

木々をそよぎわたる風が青い。欅《けやき》の葉ずれの音が耳朶《じだ》をくすぐる。それは、だれかの声に似ている。

五月の風のように青い息吹《いぶき》。欅の葉ずれのようにさわやかな声。それはきみの声だ。さわやかでいて、遠い日のきらめく光景のようになつかしい声。

おはようございます。

おはようございます。

土曜日の出勤。ひとけのないオフィス。ぼくはひとりできみの声を思い出す。ぼくの胸がきゅんとしめつけられる。

おはようございます。

朝、きみが言うたび、ぼくは学生時代にもどる。胸がしめつけられるなど、そんな感傷はとうの昔に捨ててきたはずだったのに。

最初の結婚に失敗してから、もうそんなものは自分とは無縁だと思っていたのに。でも、きみと会うと過去に捨ててきたはずのせつなさは、自分にまだ残っていたということをはっきりと認める。

ほんとうは、もっと無難な手紙を書くつもりだった。けれど、そんなことをしてもいっしょだと思った。フロアーがちがうだけで同じビルに毎朝出社して顔をあわせている人間から、それも男から手紙が来たら、たとえそれがどんな内容であってもラブレターであることは明らかではないかと。

事務書類でもないかぎり、わざわざなにか手紙を書くということはそういうことなのだ。だったら、思いきりラブレターにしたほうがいいと思った。

下のフロアーのきみと、あんなバカみたいなことをきっかけに話すようになってから半年。ぼくは恋をするという感情を久しぶりに思い出した。

いつか、きみは泣いていた。きみの涙をぬぐうことが、ぼくにはできなかった。頬《ほお》の涙はぬぐえても、心をつたっているのであろう、とめどない涙は。

「関係がなくても、関係があるのと同じ、そんなことが成り立つ世界もあるのですね」

謎《なぞ》かけのようなことを、きみは言い、酒を飲んだ。

透明な、つめたい酒が、きみの白い喉《のど》を通過していく。きみの喉が上下に動くのを、ぼくは清新な気持ちで見つめていた。

「磁気ネックレスは大嫌い」

涙をぬぐったあとで、きみは言ったね。ぼくはどうしてあげることもできなくてくやしかった。ただ、きみは存分に泣けばいい、と思った。気のすむまで泣けばいい。涙はきみの体内から悲しみを流出させてくれるだろうと。

手紙を書くのはものすごく勇気がいった。自分の気持ちをきみに悟られまいとしただけでなく、自分にすら隠そうとしていた。でも、もう目をそむけるのはやめよう。ストレートに言おうと思った。それで手紙を書いた。

きみの返事がYESでもNOでも、ぼくは自分の気持ちを伝えようと思った。笑われるかもしれないが、それでも隠している苦しさよりずっとましだ。

ぼくはきみが好きだ。結婚を前提につきあいたいと思っている。でも、それは強制はできない。もしYESなら、きみのペースにあわせてつきあっていきたい。もしNOならどうか気にしないでそう言ってほしい。そしたらぼくは潔《いさぎよ》くあきらめるから。

八木悦子君

五月十日　森本　毅《つよし》

ユーコ、おとといは長々とつきあってくれてどうもありがとう。ユーコとしゃべったおかげで、あのあとちょっと落ちつきました。

でもあのときは面と向かって言えなかったんですけど、ユーコと……その助教授とのこと、わたしにはちょっと抵抗があります。つきあうことがいけない、っていうんじゃなくて、ユーコがその人のことを、

「べつに好きではない」

と言うことにたいしてです。好きではないのになぜつきあうのか、わたしには抵抗があります。

ユーコは彼の必要を感じていないし、彼のほうもユーコを必要としていないように思うの。そんなに自分を粗末にしないでほしい。もっとだいじにしてください。

必要とすること、必要とされること、これが恋愛にとってもっとも重要なことじゃないかなってわたしは思うんです。

Mさんの気持ちは、だからこそすごくうれしく思いました。ありがたいと思いました。お兄さんと最近すれちがってばっかりだったから。

思わずYESと返事だけでもしようかと思ったくらいなんです。Mさんは落ちついていて外見もかっこいいし、こんなに言ってくださるのならって思ったのは事実です。けれど、それだけのことでYESと返事することは、Mさんに悪い気がしてなりません。お兄さんとすれちがってばかりのさびしさとかを埋めてもらおうとしてるだけでは、それは愛するということではないと思う。そういう動機では、すぐにダメになってしまうと思うから……。

もっと人と人とのつながりは誠実なことを基本にしなくてはいけないと思うのです。もしわたしの言い方がユーコの気を悪くしてしまったらごめんなさい。

ユーコへ　5／15　悦子

前略。

なにから書けばいいのか、なにをどう書けばいいのか、よくわかりません。

でも、お手紙を読んで決していやではありませんでした。光栄に存じました。

わたしには姉がいるだけで、男の兄弟がおりません。そのせいか、小さいころからお兄さんにあこがれる傾向がありました。

異性に対しても、つねにお兄さんを求めていたと思います。

「お兄さん」

と、異性を呼ぶときのかんじがとても好きでした。もしかしたら、わたしはその人が好きなのではなくて、お兄さんと呼べる状態が好きだったのかもしれません。

映画をいっしょに見るとか、いっしょに新しい店にごはんを食べに連れていってもらうとか、自分ひとりではできないことをつきあってもらうだけで満足して、それを愛だと錯覚していたような気がします。

そう……、お兄さんごっこをしていたのかもしれません。そんな自分が、今は子供っぽく感じられます。

同期の井田さんとはときどき恋愛論のようなことを話し合ったりしていましたが、連休前に『鳥あつ』に行ったとき、森本さんとたまたまいっしょになって、あんなふうな愚痴《ぐち》をこぼしてしまって……。

なぜ、あんなことをしてしまったのか、自分でもよくわかりません。あの日、わたしは落ちつきをなくしていました。

薬屋で磁気ネックレスを十個も買ったのです。大嫌いな磁気ネックレスを。買ってから、全部、捨てました。ばかみたい。

わたしは磁気ネックレスが嫌いなのではなくて、磁気ネックレスをしているような女が嫌いなのだと思います。

それに気づいたとたん、自分がいやでいやでなりませんでした。だから落ちつきをなくしていました。あんなに泣いてしまって、恥ずかしくてなりません。だから、あの日のことはどうかして――

（八木悦子が書きかけて捨てたもの）

お手紙ありがとうございました。あのように思ってくださって光栄に存じます。でも、こういう精神的な問題についてはそんなにすぐにはっきりとお返事できませんことをどうかご理解ください。しばらく考える時間をください。

五月十五日　八木悦子

森本毅様

フタマタかけられてたというのは小説などでは陳腐にすぎることだけど、いざ自分にふりかかるとびっくりするものだ。ワーカホリックの結末よ。悪女とは天使の顔をしていることを学んだ。とほほ。

（てつ）

（『文學時代』'82年9月号・編集後記より）

今は夜の二時です。眠れずにいます。このあいだは、店を出るなりあいさつもせずに帰ってしまってごめんなさい。そのことはあやまります。

けれど、わたしがあんなふうに逃げるように帰ってしまわざるをえなかった気持ちもわかってほしい。

わたしがお兄さんと、わたしたちの本質的な問題について、きちんと話がしたかったとき、お兄さんは同じことをしませんでしたか？　復讐《ふくしゅう》をしたかったんじゃなくて、今となっては、あのころのお兄さんの気持ちがよくわかるのです。

いくら話しても、こういうことは、話してどうかなる問題じゃないことを、お兄さんはどこかでわかっていて、それであのころは、ただ「ごめんね」と「そうじゃないんだよ」を繰り返すしかなかったんだろう。それがよくわかるということです。

今はよくわかる。

お兄さんが黒田さんとどういう関係だったのか。

私と森本さんの関係＝お兄さんと黒田さんの関係、だとはぜんぜん思っていません。そうじゃなくて、説明できない独特な関係っていうのがあって、それで、あのころはああだったんだろうな、って。

怒って帰ったんじゃないの。かなしくて帰ったんでもないの。あのころのお兄さんの気持ちがわかりすぎて帰ったの。

お兄さんへ　　　　　　　　　　　　エツ

前略。

あのころのぼくの気持ちが理解できると何度も言われて、きみの言いたいことは理解できた(つもりだけど)が、ただ、ぼくときみがちがうところが一点だけある。

ぼくは、きみと他の女のあいだでゆれうごいたことは一度もなかった。一秒とてなかった。

きみが、ほかの男とぼくのあいだでゆれうごいたからいやなんじゃない。ぼくがゆれうごいていたと思われていたということがいやだった。それはあまりに侮辱《ぶじょく》だと、ぼくとしては感じた。

ぼくはきみとつきあっている間、一度も、一秒も、「どちらをとるべきか」などとだれか他の女と天秤《てんびん》にかけたことはなかった。

ぼくはたとえきみが森本氏と肉体の関係があったとしても、許した。そんなことはいい。天秤にかけられていたような、その同次元の量られ方がいやだった。

修正不可能なら、これ以上、つづけるのはやめたほうが、お互いのためだと思うから、あの結論を出した。

うまいことばが思いつかないが、今よりも「いいなー」という気分が、ふたりとも多くなる日が来るように、道を別れよう。幸運を祈る。

さようなら

昭和五十七年八月二十五日　久米哲也

八木悦子様

前略。

ユーコ、お元気ですか。

自分が元気のないときだけユーコを頼ってるみたいでごめんネ。わたしは最近、ボロボロです。夜も眠れない、というか、寝ても夜中の二時とか三時に目がさめて、それから六時くらいまで眠れなくて、深夜の眠れない時間は地獄です。今はただ、ぽっかりと抜けた心の空洞《くうどう》に慣れていないだけ……。こうなった過程も原因もよくわかっています。

八月二十六日　エツコ

遠藤優子様

私はエツコをうらやましく思います。かなしいできごとを経験したとしても、そのぶんたのしいこともあったわけですよね。心の空洞を感じるためには、その前に空洞に存在していたものをゲットしていなければならないわけですから。だれかのハートをゲットするということがわたしにはできません。かなしいことにあおうとも、かなしくないときは思いきり、そのときを正直に素直によろこび生きているエツコをうらやましく思います。

そんなエツコなら、またあらたな出会いやふれあいがすぐ訪れるでしょう。

私もエツコをみならいたく思います。過去ではなく未来でもなく現在を100パーセント受け入れる素直さを。

簿記と医療事務の通信教育はきっと役にたつと思います。堅実なジャンルを選択した目もすばらしいと思います。四大から商社に就職した同級生と話すことがたまにありますが、彼女たちは入社試験のころの精気みたいなものを失っているように見えますもの。結婚にこぎつけることが今はその代わりになっているかのようです。まだまだ日本の社会には女性が働く場合の障害が多いようです。

お身体《からだ》に気をつけて

9／3

エツコへ

優子

PART II

ヒロくんへ。

十二時まで待ってたけど、電車がなくなるから帰ります。洗濯物はコインランドリーで乾燥機にかけたけど、まだちょっとしめってるみたいだから、いちおー、干しておきました。窓のとこ。

夕飯はハンバーグとサラダです。せっかく作って持ってきたのに、遅いんだもん。シクシク。

日曜日は会えるよね？　十時に来ます。

じゃね♡
ミポ
'83・12・13・AM0：00

ヒロくんへ。

近くまで来たので、ちょっと寄ってみました。

お客さんのところへ図面を届けに来たのであります。社長が、ヒロくん、元気かって聞いてたよ。元気だって答えておいた。

散らかってたから、掃除もついでにしといてあげたからね♡　掃除してみると、この部屋は家賃のわりに広いよね。めっけもんてやつよ。不動産屋に勤める彼女がいてラッキーだったでしょ？　なーんて、恩を売っちゃったりして。

夜になったら電話してください。そして、牛乳を買っておいたから、冷蔵庫に入れておきました。

12・14・PM2：15　ミポ

ヒロくんへ。

十二時まで待ってました。今日はママといっしょにアップル・パイを焼いてみたので持ってきたの。ずうえったい食べてね♡　LOVEをいっぱいこめて焼いたから。

12／20・AM0：00　ミポ

ヒロくんへ。

昨日はありがとう。あたしの料理を食べてくれてうれしかった。まだヘタだけど、これからヒロくんのためにもっともっと料理上手になるからね♡　応援してください。

いっしょに食べてるときもうれしかったけど、いっしょにスーパーに買い物に行ったときも、なんだかとってもたのしかった。ふたりでいっしょに野菜やお肉をカゴに入れてるのって、なんだかとっても……♡　洗濯物をたたんでおきました。靴下は破れてたから、捨てたの。新しいやつを、明日、買ってきてあげるね。

じゃ、また

12／22・AM0：00　ミポ

いつもいろいろありがとう。

でも、こんなこと言うの、気を悪くさせてしまうかもしれないけど、掃除はしてくれなくていいから。ありがたいんだけど、捨てるものとかいるものとかは自分で決めたいんで……。夕飯も、会社のつきあいでだれかと食べることが多いから、むだにしては悪いし、会えたときに作ってくれるのでいいから。

それと、昼間、ぼくのいない時間に部屋にだれかが来てるのは、やっぱり落ちつかないし……そんなに掃除はしなくていいから。

今日は、遅いので、待ってないで帰ってください。ごめんね。

'84・1／12　7AM　ヒロシ

ヒロくんへ。

気をつかわないで。あたしは、掃除したいからしてるだけ。洗濯も待ってるのも、自分がしたいからしてるだけなので一す。ヒロくんが気をつかうことはありません。

あたしは、不動産会社勤務っていったって、パパの紹介で手伝ってるだけの社員、っていうかバイトっていうか、そんな身分なんだし。それにくらべて、ヒロくんは、まがりなりにも天下の大島屋デパート社員なんだし、たいへんだと思うの。だから、あたしはちょっとでもいいからヒロくんのためになにかできたらいいって思ってるだけ。それだけ。気をつかわないで。

自立した女とか、キャリア・ウーマンとか、よくいうけど、あたしはそういうの、ピンとこない。好きな人のために、部屋のなかを掃除したり料理つくったりしてるのって、それでたのしいの。

サバサバしてるわりに意外と家庭的だったんだなー、って、最近、自分のことを驚いてます。だから、ほんとに気にしないで。好きなことをしてるだけなんだから。

1／16　PM11　ミポ

前略。

転勤のこと、べつに隠していたわけではないんです。言おう言おうと思って、なかなか言えなかったのです。

言えないから、よって引っ越しのことも言えなかった……。

しばらくはこっちの勤務に慣れるのに全力投球します。慣れたらきっと手紙を書きます。ミポも手紙をください。返事はまめに書けないかもしれないけど。

ほんとにこんなことになってごめん。あんなに泣かせてしまってごめん。ごめん。

ほんとにごめん。

中川美穂さま

昭和五十九年四月十一日　ヒロシ

島木、元気ですか。ぼくは四月から京都に転勤になりました。島木とは入れ違いみたいになってしまったな。うちのデパートは京都が本店だからいわば栄転ですが、なんかどうも、すっきりしません（私生活の面で）。よく自分の気持ちがわからんというか……なにやってるんだろうな、ってかんじ。

座禅でも組ませてくれるようないい寺を知ってるのならガイドしてください。

島木紳助様

1984・4・11

都築

前略。

先日は、無理をいって届けさせてしまってごめんなさい。でも、モーガンはすこぶるご機嫌でした。信楽焼《しがらきやき》は彼の一番のお気に入りですから。それにしても都築さんが、斎藤くんの教え子だったとは驚きです。世の中って狭いものなんですね。「モジリ兄貴」という斎藤くんの臨教時代のニックネームには笑いころげてしまいました。モーガンも笑っていたでしょう? もしかしたら信楽焼より都築さんを気に入ったかもしれませんよ。これから大島屋デパートの美術フロアで買い物が増えるかも……。秘書がこんなことをそそのかすのは、ほんとはルール違反なのだけれど、こまめに営業すれば都築くんの業務成績も上がることでしょう。

よかったら、また三人で食事にでもまいりましょう。営業成績のことは抜きにして。

草々

昭和五十九年七月六日　桜井佳子《よしこ》

都築宏様

拝啓。

先日はたいへんありがとうございました。はもという魚をはじめて食べました。すごくおいしかったです。祇園《ぎおん》祭りのときになると食べる魚があると、京都の大学に行っていた同級生から聞いてはいたのですが……。

モーガン氏がとちゅうでお帰りになったために、ぼくは「営業」することができませんでしたが、桜井さんと話していると時間を忘れてしまうほどたのしい夕食でした。

京都勤務になって約四か月。関東ふうの心がまえでは通用しないことが多々あります。やりがいがあると同時に、疲れることも多かった。

だから久しぶりにリラックスしたひとときでした。お客さまと食事してリラックスしていてはいけないんですけど……。

斎藤先生の先輩だったことで、なんとなく親しみを感じてしまったのでしょうか。あんな話までお聞かせして、お恥ずかしいかぎりです。

こんな言い方をしていいのかどうか迷いますが、もしよかったら、またいっしょに食事にでもつきあってください。今度はぼくがおごります。若輩者《じゃくはいもの》のたわごとを聞いてやってくだされば、と願っています。

敬具

桜井佳子様

昭和五十九年七月十七日　都築　宏

拝復。

ていねいなお手紙をありがとう。どうぞご遠慮なく「たわごと」をお話しください。

これも斎藤くんの結ぶ縁。お客さまとデパート社員なんてことはやめて、世代の先輩と後輩として。でも、先輩と敬ってもらえるほどのことは、私には言えませんから、気軽な話し相手として。今度はじゃあ、おうどんでもおごってください。

都築宏様

七月二十日　桜井佳子

きのうはどうもありがとうございました。

きのうの話にしたがって、じゃあ、桜井さんと呼びますけれど……。

桜井さん、お元気ですか。

昨夜はふしぎな気持ちでした。ふしぎな気持ちで、ぼくは桜井さんと話をしていました。

高いところにある部屋というのは下に見える風景がとても小さくなって、それもぼくをふしぎな気分にさせたのかもしれません。今までだって、京都タワーや東京タワーからや、会社のなかからや、高層ビルのレストランなど、そんなふうな高いところから下を見たことはあったのですが、ソファがあってテーブルがあって、ふつうの部屋なのに、高いところにある部屋というのは、もしかしたら、ぼくははじめてだったかもしれません。

夜の車の流れや、遠くのほうのネオンを見ていたら、自分があたたかい静かな場所にいるのだと、強く感じました。

桜井さんの淹《い》れてくれた紅茶も、ふしぎな味がした。ハーブ・ティーだと桜井さんは言ったけれど、ああいうお茶を飲んだのもはじめてでした。今までクラシックなんて聞いたことありませんでしたが、ああして聞いてみると、クラシックっていいんですね。ぼくは、クラシック音楽って、もっとかたくるしいものでしかないと思っていました。聞かず嫌いとでもいうのかな。たいくつなものでしかないと思っていたのですが、ああして気楽に聞いててぜんぜんいいものなんですね。

部屋にかざってあった墨絵《すみえ》も「いいなあー」と思いました。美術品売り場にいながら、正直なところ、ぼくには美術品って、よくわからなかった。

美術品というと、お金持ちの人が豪華な応接間にかざったり、そうじゃなかったら○○美術展とかのガラスの向こうに陳列されたもので鑑賞するもの、ってくらいの意識しかなかったんですね。

「複製だから、たいしたお品じゃないのよ」

って、桜井さんはなんということもなく言ってらしたけど、とてもすてきな墨絵に、ぼくには見えた。

昔の山奥の風景があって、川が流れていて、川に橋がかかっていて、橋を釣《つ》り竿《ざお》を持った人が歩いていて……って、ああいう墨絵って、もう何度も何度も見てきているじゃないですか。墨絵といえば、たいていああいう図柄じゃないですか。それなのに、桜井さんの部屋で見た墨絵は、なんだかはじめて見る墨絵のような気がしました。見てると、心がなごんでくるというか、リラックスするというか、開放《オープン》されていくようなかんじです。美術品というものも、あんなふうなインテリアになるのだなあ、と感心しました。

感心した、ってヘンな言い方かな。うまく言えなくて……はじめに書いたように、ふしぎな気持ちでした。

墨絵でもクラシック音楽でも夜景でも、桜井さんの周囲一帯がみんなふしぎな空気になっているような気がします。

だから、そんな部屋でハーブ・ティーとお酒を交互に飲んでいると、もっともっとふしぎな気分になってきて、それで、ぼくはあんな話をしてしまったのかもしれません。

自分のガールフレンドなのに、なぜ、ぼくが重荷に感じるのか、ああでもない、こうでもないと、ぐずぐずいうぼくの話を、桜井さんはいやな顔ひとつせず、聞いてくれた。

「わかるわ、わかるわ」

と、桜井さんが一度だって言わなかったことが、ぼくはよけいにうれしかった。

「わからないわ。わたしは彼女じゃないから。でも、人に言うとそれだけで自分の心が整理できるでしょうから……」

って、ポンと突き放したような言い方をされたのが、ものすごくラクでした。ラクって、こんな表現でいいのかどうかよくわからないけど。

桜井さん、もうおぼえてないかもね。あの日、一番、ぼくの心に残ったことばがあるんです。

「彼女とあなたの関係は、彼女とあなただけの関係。それはわたしがたちいってはいけないこと」

って言った。それからつづけて、

「それと同じように、わたしにもわたしとだれかの関係があるし、同じように、わたしとあなたの関係もある。そうやって世の中の人間関係というものは、共存しているものではないですか」

と、言った。とても抽象的な言い方だったけれど、ぼくはなんだか、サーッと肩の荷がとれたような気がしたのです。

とてもたのしかった。ぜひまた、会ってハーブ・ティーを飲ませていただければと存じます。

桜井佳子様

十月四日　都築　宏

ラフマニノフのピアノを気に入ってくださってうれしいわ。また、いっしょにお茶会をいたしましょう。

都築くんへ

十月七日　桜井佳子

桜井さん、お元気ですか。

さっき近所のヤキトリ屋で飲んで、飲みたりないので近所の酒屋で買ったカティ・サークを飲んでいます（氷を用意したりするのがじゃまくさいので湯飲み茶碗《ぢゃわん》で飲んでいる）。

ヤキトリ屋でもあんまり食べなくて、空《す》きっ腹にビール飲んだ上でのカティ・サークです。とてもよくまわりました。今もよくまわっています。

酔っぱらいながら手紙を書くってことが、気持ちがいいってことを、ぼくは知りました。これ、気持ちいいですよ。今度、桜井さんもやってみてください。すごく気持ちがいい。

ちょっと紙がぐるぐるまわっているように見えて、早く書かないと紙が逃げていくように思われて、ぼくは次から次へと書く。頭に浮かんだことと文字がシンクロしてる。それは、すごく気持ちのよいことです。まさしく正直に書いてる気がするから。つつみ隠さず書いてる気がするから。

一人で酔っぱらって手紙を書くってのがクセになりそうです。酔うと、やたら笑う人のことを笑い上戸《じょうご》とか、やたら泣く人を泣き上戸とかいうけど、酔うと手紙を書く人のことは、手紙上戸というのでしょうか。おかしいね。

ぼくは、浪人時代にブンガク少年をしていたことがありました。外界を遮断《しゃだん》して、二次元の活字のなかでだけ感情のさまざまな触覚を働かせていることは、なかなか気持ちがよかった。そのうち大学に入って、例によって例のごとく、フツーの大学生がするようなことをひととおりして、ガールフレンドもできて、就職して、大島屋に入社して……こうした生活は、それはそれでいいなって思う。それはそれでいいけど、あの浪人時代の一年の、なにか隔離されたような一時期の、あの、おセンチでいてストイックなブンガク少年の時間も、やっぱりぼくが所有した時間だったのだと思い出すわけです。酔っぱらって手紙を書いている気持ちよさは、それを思い出すことの気持ちよさなんでしょうね。

手紙を書くって、考えてみればおそろしいことです。手紙って、すごくおそろしいものですよね。あとまで残る、とか、漢字のまちがい、とかそんなことじゃない。自分の心の中を見ることを、人はふだん、しません。しないようにしてる。しないですむならしないですませたいんです。心の中を正直に見るということは怖いことだから。そこまで他人と濃密な係わりを持つということは、怖いことだから。けれど手紙って、そういう怖いことを、どんな支離滅裂な手紙であっても、いったんは脳で行わないと、書けないわけで、だから、ぼくは思うんですけど、近代テクノロジーの発展ってすべて「手紙を書かないですませるための方法」を考えついてきた歴史だったんじゃないかと。

ぼくらくらいの世代からだと思うけど、学園闘争をいっさいしなくなった。学園闘争がいいか悪いかはべつにして、ぼくより上の世代には、まだ他人と係わる機会というかなんというか、うまく言えないけど、係わることが軽視されてはいなかった。でも、ぼくらの世代はインベーダー・ゲームを相手にしてることが、とてもかっこいいことになったんです。銀行で振込をするのに機械でしたり、ジュースを買うのに売店のおばちゃんとお金のやりとりするより機械で買うほうがいいと思うようになったんです。そのほうがラクだって。ラクってなにかっていうと、他人と深く接触しないですませる、ってことです。それがぼくらの世代の美意識だって言ってしまうのは簡単だけど、逆に言えば、他人と接触することや自分の内面を直視することを、前の世代よりもはるかに怖がるようになってるんでしょうね。

なにを言ってるのか、自分でもよくわからなくなってきました。でも書くのをやめられない。いくらでも書けるような気がしてなりません。桜井さんに会うと、いろんなことが……、自分のなかでふだん眠っているいろんなことが、次から次へと起き出してくるようで、なんだか泣きたくなります。泣くといっても、悲しくて泣くのではない。興奮して泣けてくるようなかんじ。

今度、すごく酔っぱらったときがあったら、桜井さんも手紙を書いてみてください。……といっても、桜井さんのような人は、酔っぱらうなんてことがないんでしょうけど。

桜井さん、きっとあなたはいつもどこかで覚めているのでしょうね。いつもものごとの当事者にならないようにしているのでしょうね。だから、いつも、いつもの桜井さんのように落ちついていられるのでしょうね。

十五も年上の人に、こんなこと言うのは失礼なことだけれど、でも、桜井さんは、いつもものごとの当事者になるのを避けて逃げてると思う。ものごとの当事者にならなければ他人を傷つけないかわりに自分も傷つかずにすむわけですから。この態度って、ぼくらがインベーダー・ゲームやワープロを相手にしているほうがラクだというのと同じではないのかと。

ごめんなさい。怒りました？

ぼくは桜井さんと、あの日、ああいうことになって、よかったと思ってる。斎藤先生がきっかけで、いろいろと話すようになって、ほんとに話をするようになって、ずーっと、ただ話だけをしていたけれど、その間ずっと、ぼくはガールフレンドにうしろめたい気分でいた。

ただ話をしているだけなのだからなにもうしろめたい気分になることはないはずです。それなのにうしろめたかったのは、ひとつには、ぼくが彼女のことを重荷に感じていたことがあるけれど（原因は遠距離恋愛だったから重荷だったんじゃないんです。そんな表面的なことじゃないことが重荷だった）、ほかにも、ぼくがこうなることを望んでいる気持ちがあったからうしろめたかったのだと思う。いえ、このさい、失礼を覚悟で言うけど、ぼくだけが望んでいたのではなく、ぼくらが望んでいたから、と言ったほうが正確だと思うのです。

ああいうことは互いにそういう気持ちがあるから感じることだと思うのです。互いになければ、明確な「望み」にならないのではないかと。

たとえば、道を歩いてて、前から美人というか自分の好みの子が歩いてきたとして、男は、そういうことを考える。考えるというか、ちらっと望むというか。でも、たいていの場合、そういう子は道で通り過ぎてそれで終わりだし、それで終わってしまうから、その後、そうした望みが続くことはない。道で通り過ぎるんじゃなくて、じっさいの知り合いの子だって、さいしょ、ちょっとそんなふうなことを思っても、相手にはそんなふうなものがなければ、なんらかの気持ちはすぐに消えてしまう。きれいだねー、くらいであとは気持ちは大きくならない。

はっきりした望みになるのは、お互いにそうしたものを抱いているときだけだと、ぼくは思うのです。ただ、望みが現実になるにはタイミングとか機会の問題があるので、互いに望んだからといってかんたんに現実になるとは言いがたいけれども。だからこそ、ぼくはあの日、桜井さんとああなって、よかったと思っているのです。もしかしたら、うぬぼれたことを言ってるかもしれない。もしかしたら、ものすごく怒らせることを言ってるかもしれない。けれど、桜井さんは、あれからぼくに接するとき、どこかひくようになった。当事者になることを避けている。なぜなのか、ぼくはいらいらする。

桜井さん、もう一杯、湯飲み茶碗でカティ・サークを飲みます。ごめんなさい。もう字がへなへなですね。読めますか。読みづらくても読んでください。

桜井さん、あなたはなにがそんなに怖いのか、なにをそんなにひくのか、ぼくにはわからない。

あの日、風が強かった。あんな風の強い日になんで会ったんだっけ？　会うことになった理由はすっかり忘れてしまった。会う理由がいつもしらじらしいと思ってたし。とにかく会って、すごい高いシャンペンを出してくれたんだったよね。あれ、うまかった。すごく。高いだけのことはある。なんていう名前だったっけ。ときどき映画で、あのシャンペンとイチゴを食べるようなシーンが出てくるやつだよね。

桜井さんはぬいぐるみの熊《くま》をかぶってた。寝袋だっけ。なにかのパーティでモーガンさんがくれたってやつ。ぼくはわかってる。モーガンさんとあなたのこと。あなたはなにも言わないけれど、そんなこと、わかるよ。そんなことは、わかるもんなんだよ。あなたのことを好きな人間なら、わかってしまうもんなんだよ。わかってしまうから、すごくイヤで、でもそれでいて、そのイヤなかんじはぼくをどこか、かりたてるようなかんじにさせる。どうしてそんな気分になるのか、よくわからないけど、すごくいやらしい気分でもある。すれすれのとこ。すごくイヤなのが、あと一歩、勝ってしまうと、ぼくのなかから桜井さんは消えてしまうと思う。たとえば、モーガンさんと桜井さんがいっしょにいるところを、ぼくは幸か不幸か、さいしょに会った二回しか見たことないけど、もっと見てたら、あの日のことはありえなかったような気がする。見なくてすんでよかった……。

熊をかぶった桜井さんはとてもかわいらしかった。西洋人って日本人と根本的に発想がちがうんだなって、そのぬいぐるみを見てぼくは思った。ぬいぐるみ、っていったら、ぼくのガールフレンドが、いや、正確に言うと数カ月前までガールフレンドだった子がよく買うようなぬいぐるみしかぼくの頭にはなかったけれど、西洋人のぬいぐるみはまるで剝製《はくせい》みたいにリアルで、サンリオにあるようなぬいぐるみとはまったくちがうぬいぐるみ。でも、それをかぶってシャンペンを飲んでる桜井さんはかわいらしかった。

あの日、風が強くて、桜井さんはよく笑った。小学校の教科書に載ってた風と凧《たこ》の話をぼくが思い出して話すと、もっと笑った。ずっと年上なのに年下のようなかんじがした。ラジオで『めだかの兄弟』がかかってた。ぼくは熊のぬいぐるみを桜井さんの頭からはずした。キスしたとき、桜井さんは目をつぶってたけど、ぼくは打ち明けるけど、ちょっと目を開いてた。熊のぬいぐるみの剝製のようなリアルな目が、桜井さんの首のうしろにあって、それはモーガンさんに見られてるようで、怖かった。怖くて、でも、なんかかりたてられた。

桜井さんの胸はさわると気持ちがいい。なかに入ると、もっと気持ちがいい。動くし、すごくふしぎな突起がいっぱいある。あんなにいやらしい構造をしてると思わなかった。

桜井さん、ぼくは桜井さんのこと、好きです。この手紙、破り捨てようかと思ったけれど、酔った勢いで投函《とうかん》します。

昭和六十年一月四日　都築　宏

桜井佳子様

長いお手紙をありがとう。

読むのが痛い手紙でした。

わたしは冷めた結婚をし、別居をし、それでいて離婚することもなく、これがベストの形だと、自分たちを納得させて暮らしてきました。いまもそうです。

わたしはいつだって当事者になりたいと思ってました。でもね、当事者になってはいけないことが起きてしまうの。わたしが当事者にさえならなければ他の人が全員丸く収まることが起きてしまうの。当事者になれない者が、なにをわかると思うの？なにを達観できると思うの？

わたしはあなたの若さが怖い。あなたにはふさわしくない自分の肉体の衰えが怖い。あなたを好きだから、あなたの幸せを思うとひいてしまうの。これは残酷な理由でしょう？自ら明かしたくない理由でしょう？だれよりもわたしが怖いのです。わたしも怖がることがないと、どうして思うの？わたしはいつだって、いつだって、ものすごく怖いの。怖くてならない。怖いの。

都築宏様　2／14　*My funny valentine from Y*

桜井さん、お元気ですか。さっき会ったのに、もう心配になる。

あれはなんという香水なのですか？　名前がわからない。その香りがぼくのセーターについているのに、もう心配になる。

桜井さん。

あなたは知らないかもしれない。ぼくらの世代。あなたは見下すかもしれない。ぼくの年齢。見下して、恐れるのかもしれない。ぼくの若さを。

あなたの教えてくれた『タミー』という曲を、ぼくは知らない。『ムーンライト・スウィング』を、ぼくは知らない。

でも、あなたの知らない『シェリーにくちづけ』を、あなたの知らない『サタデーナイト』を、ぼくが教える。

ぼくたちは、はじめて知ることで、うれしい。

怖がる理由を聞いてバカみたいだと思った。年齢は無関係だと思う。なぜなら、だれとだって、こんな関係がもてるわけじゃない。

桜井さんとぼくがやってるようなこと、だれとだってできるわけじゃない。

だれとだって、あんなことをしてきたわけじゃない。

ぼくらは快楽を貪《むさぼ》りあえばいい。それが正直なことだと思う。

サクライサンへ　　　　S六〇・三月一〇日　HIROSHI

えー、拝啓。

八木、と書くべきか、八木さんと書くべきか、なんだか迷ってしまって、十枚くらい紙を破ってしまった。八木、にしておく。おととい会ったときはそう呼んでたんだし。

おとといは久しぶりでした。何年ぶりなんだろう、八木と会うの。一世紀ぶりに会ったような気になってしまいました。お花見を兼ねて高校会をやるって島木から聞いて、八木も来るって聞いてたんだけど……。俺、八木は来ないと思ってたんだよね。なんとなく。

元気そうでよかった。それにすごくアカ抜けたかんじがした。医療事務と簿記の通信教育受けた後にとらばーゆしたというのには驚いてしまった。会わないうちにずいぶん勉強家になってたんだな。

でもお肌がツヤツヤしてるかんじで。きっと、年齢がいい意味でしっとりとしたムードを与えてくれたんだろうね。よかった、よかった。

島木が太ったのにはびっくりした。なんであいつはあんなに太ったのだろうか？遠藤はあいかわらずだった。ヘンな奴《やつ》だな、あいつ。あんなふうでたのしいのかなあ。

これは悪口じゃなくて、うまくいえないけど、遠藤って、もっと幸せになれるのに、って思ってしまう。語学の勉強をがしがしやってる女の人を見ると俺はなんとなくかわいそうになる。まあ、遠藤にはよけいなお世話だろうから本人には伝えないように。ぼくも、それなりに今の生活には充実感があります。またみんなで会えるといいね。

敬具

四月四日　都築　宏

八木悦子様

追伸

高校のとき、国語の臨教の斎藤先生っておぼえてる？　あの先生の知り合いっていう人に、去年の夏に仕事で偶然、会いました。

拝復。

お手紙どうもありがとう。なつかしい字に心がなごみました。

あの日、都築くん、大人になったなあって思いました。同級生のわたしがこんなこと言うのもヘンなんですけど。なんていえばいいのかな。ほんとにヘンな言い方になってしまうけどセクシーになった。きっと今の生活が充実しているんでしょうね。わたしも、よかった、よかった、って思います。

それと……優子のことだけど、彼女ってそんなにガシガシやってるようなかんじします？　男の人の目からするとそうなのかな。
ところで、斎藤先生に会ったのですか？　元気でした？　どこで会ったの？　そのうち京都に買い物に行きますよ。でも高い壺《つぼ》とかは買えないけど……。
とにかくお元気でね。

敬具

昭和六十年四月十日　八木悦子

都築宏様

Sept. 25 1985

This is not a business letter. To be candid with you, this is a challenge to a duel. Are you confident of making Yoshiko happy?

I have divorced my wife. It took me very long time to get judgement, but now I have a right to put a ring on her finger. I fight with you. I am sure to win.

Sincerely yours
Stan Jacobi Morgan

前略。都築くんへ。ご依頼の英文和訳の件、左記のとおりです。

「親愛なる○○さん、これはビジネス文書ではない。率直に言えば決闘状である。あなたは××を幸せにする自信があるのか。わたしは△△と離婚した。裁判はとても長くかかったが、しかし今は私は彼女に指輪を与える権利を所持する。わたしはあなたと闘う。私は必ず勝つ。敬具」

直訳だけど、でも、これ何ていう小説の中の手紙？　洋書を読んでてわからないからって言ってたけど、これじゃハーレクイン・ロマンスだよ。あんなの読んでるの？　そんな趣味があったとは知りませんでした。それではお元気で。

草々

9／30

都築宏様

遠藤優子

前略。ご依頼の和文英訳の件だけど、都築くんがくれた日本文では訳しかねるので、そのまま同封して返却します。

いろいろな国がある。伝統的な考え。自信があるとかないとかを考えているわけではない。私人としての立場と公人としての立場は難しい。率直には言えない事情のニュアンスをわかってほしい。もっと時間が必要です。

これでは主語、述語があいまいだし、何が言いたいのか、私が読んでもさっぱりわかんないんだもん。

もしかして私に内容を知られないように警戒してない？　それで英訳しろというのは、それはあなた、無理な相談というものよ。聖書から格言をひとつ。

Heaven helps those who help themselves. 天は自ら助くるものを助く。

察するところ、こないだの手紙はハーレクイン・ロマンスじゃありませんね？　くわしいことは聞かないけど、がんばってよ、都築くん。阪神タイガースだって今年はイケそうじゃゃん。ぽんこつチームだってまぐれ勝ちってことだってあるんだからさ。

草々

10／11　遠藤優子

都築宏様

拝啓。

都築くん、ゆうべは朝までずっと話してくれて、ほんとうにありがとう。あんなふうな話し合いは、とてもいやなものなのに、逃げずにずっと話してくれたところに、わたしはあなたの男らしさと誠意を感じます。わたしとのつきあいのあいだに結婚のことを持ち出さなかった理由や心情もよくわかりました。話し合えてほんとうによかった。でなかったら、誤解したままだったかもしれません。どんなに愛し合っている恋人同士でも、テレパシーや雰囲気ですべてが通じるわけではないですから。あなたと知り合えたことはわたしの幸運でした。あなたとすごした時間、とてもたのしかった。

けんかをしてしまったときのことさえ、微笑《ほほえ》みに彩《いろど》られた思い出としてよみがえるほどです。あなたの前ではいつも素直でいることができました。それは、あなたと知り合うまで、わたしが経験したことのないことでした。

わたしはあなたを愛しています。これからもずっと愛しているでしょう。けれど、結婚という形をとることはできません。こういう言い方は、ゆうべのくりかえしになってしまうかもしれませんが。

スタンとわたしとのあいだには、ものすごく長い歳月が存在しています。スタンとはじめて会ったころ、わたしはまだ小娘といってよかった。そして彼のほうもまだ青ニオに属していた。ずいぶんのあいだ、わたしたちはへんてこりんな関係だったんですよ。そこのところだけ都築くんは腑《ふ》に落ちない顔をしていたけれど。

前の夫と結婚したときも、式にスタンは来てくれて、わたしも何らやましい気持ちなく夫にスタンを紹介したものです。

だから、スタンとわたしとのあいだにある歳月は、そっくりそのまま、わたしの成長の記録といえるでしょう。

あなたとすごす時間は、まるで蜂蜜《はちみつ》のように甘かった。いつまでもいつまでも舐《な》めていたい。それこそ、あの熊《くま》のぬいぐるみをかぶって。

けれど、人の生活は、蜂蜜を舐めてだけいては成立しませんから……。そうしていると病気になってしまうでしょう？

都築くん、あなたの健康と幸せをわたしはいつまでもいつまでも、どこにいても祈っています。スタンとともになどとは申しません。スタンには隠して。

それを罪悪であると、あなたは言ったけれど、罪悪もふくめてわたしを受け入れるスタンとわたしには、やはり長い歳月が存在しているのです。

ありがとう、都築くん。ほんとうにありがとう。

敬具

昭和六十年十月二十七日　桜井佳子

都築宏様

拝復。

ものすごく気取っていやらしくて恥ずかしい言い方になりますが、このさい欧米式に言います。ぼくはあなたから受けた愛のレッスン決して忘れません。

幸せになってください。ぜったいに幸せになってください。

サクライサンへ、今自分が持てるだけの愛をこめて。

敬具
十一月二日
都築　宏

前略。阪神は優勝したけど、俺は負けたよ。遠藤はがんばれ。応援してるから。
遠藤へ
11／3　ツヅキ

前略。不戦敗や第一試合負けじゃなくて、日本シリーズまで行ったんなら、そこまでやったんなら本望じゃないか。そこまでやったんなら、ぜったい都築くんは前よりイイ男になってると思う。だからすぐにまた新しいのが見つかるって。だいじょうぶだよ！　今度、いっしょに飲もうぜ。
The reward of a thing well done, is to have done it. よくやったこ
との報酬は、それをやったことだ。
詩人のエマーソンのことば。いいでしょ？　これ。

都築くんへ　　　　　　　　　　　　　　　11／5　遠藤優子

PART III

前略。

先日はだいじょうぶでしたか？　かなり飲んでたようですが……。

それにしても、八木はずいぶんと酒飲みになったんですね。G・Wのクラス会では三次会までのぶんを合計すると、一升くらい飲んだのでは？

八木に会うのは二年半ぶりだったけど、酒豪に変身していたのがとにかくびっくりでした。と、ここまで書いて、よく考えたら、俺は八木と本格的に酒を飲んだことがなかったことに気づきました。だから、べつに酒豪に変身したわけではなくて、もともと大酒飲みだったのかな。

ああやって、みんなで会うと、みんな高校時代の気分に戻ってしまってるけど、そういや俺たちももう二十九なんだから、酒飲んで多少、乱れていようが、どっちかっていうと、そんなことしてるのが当然というか平凡な図なんだよな。げに、光陰《こういん》矢のごとしであります。

でも、酔っぱらった八木はすごく色っぽかった。酒のせいか、首のあたりがピンク色になってて、ミニスカートなのに足を行儀悪く組んでしまってたし、ブラウスの衿《えり》ぐりも深かったので、ちらりと下着が見えたぞ。思わずドキッとしてしまいました、と、こんなこともスラスラ言えるようになったところが、光陰矢のごとしで大人になったってことでしょうかね。

高校のときなんかだったら、もう、こんなこと、考えただけでもオタオタしてたもんだが……、まあ、そのへんは知らぬ仲でもなし、お互いそれなりに恥ずかしい思い出も共有した仲でありますからして、なーんちゃってね、と、こんなことまで言えちゃうところが年とったたってことさ。

あのとき言ったように、俺のほうは企画部に変わったくらいで、ここのところなんということもない毎日を送っています。おととしの秋くらいに、ちょっとジンガイ相手にケンカしてから英会話教室に通いはじめたのが、まあ、近況といえば近況かな。英語くらいしゃべれないと、って思ったのだが、ついつい休んでしまって月一くらいしか行ってないので、ぜんぜん効果もなく、もうやめようかと。いかんなあ。こんなことでは。

島木も二児のパパになって、まるっきりパパの顔になってたよね。あいつは太ったからよけいにパパってかんじになった。さいしょの子がフライングだったたし、そうなるとアッというまにパパ顔になるんだな、って、こないだはしげしげと島木を眺《なが》めてしまったよ。

遠藤の話、チラっと聞いたけど、あれほんと？　にわかに信じがたいけど……。あいつにそんな感情的なところがあるとは、どうも想像がつきません。とりあえず、命に別状がなくてよかった。

そうだ、一回、遠藤のとこへお見舞いに行きませんか？もし、遠藤が会いたくないっていうならべつだけど……。実は俺、おととしは遠藤にずいぶんとおごってもらって、励ましてもらったんだよね。だから、恩があるっていったらヘンな言い方かもしれないけど、心配だし、それにあのときの遠藤のかんじ（明晰《めいせき》なかんじっていえばいいだろうか）がすぐに頭に浮かぶから、だから、ほんと信じられないの。ついこの正月にも弟と遠藤と三人で浜名湖《はまなこ》へ酔っ払い運転で行って、そのときも元気そうだったし。

もし八木が遠藤とコンタクトとれるようであれば、八木のほうからお見舞いに行っていいかどうかきいておいてください。

それでは。

S62・5・12　都築　宏

八木悦子様

お手紙ありがとう。

何度か電話をしたのですが、タイミングが悪いのかいつも留守電なので、手紙にします（私、留守電って大のニガテなのです）。

都築くんに手紙を書くのは、勝手知ったるっていうか、昔とった杵柄《きねづか》っていうかね……なーんて、こんなことをサラリと言えるようになったのが、ほんと、二十九歳になったってことでしょうか。

わたし、高校時代は二十五歳の六月に結婚するつもりでいたの。といっても、確固たる予定ではなくて、漠然とした夢でしたが。

二十五歳になる一週間前に役所に入籍届けを出して、それだと、のちのち人から訊《き》かれたら、

「結婚したのは二十四歳のときよ」

って言えるでしょ。わたしの誕生日は四月だから、二カ月のあいだに親戚《しんせき》の人とか近所の人とかお世話になった人とかにご挨拶《あいさつ》まわりをしたり、新居を決めたり、家具を買いに行ったり、そんなことをすませて、それから六月に式を挙げるんだ、って夢みてた。

六月は梅雨だから、六月の中旬にギリシアに二人で行って、エーゲ海の見える教会で二人だけで式を挙げて、七月までの二週間たっぷり新婚旅行して、日本に帰ってきたら、梅雨があけてるから、今度は式じゃなくて友達ばっかりでパーティをして、ってそんな夢。結婚しても、旦那《だんな》さまのことを、〝あなた〟って呼ばずに〝お兄ちゃま〟って呼ぶんだわ、なんて、そんな夢だった……。

よくよくご存じでしょうが、わたし、お兄さん願望がとっても強かったんですね、あのころ。

あのころは、将来のことを現実的に考えられなかった。ギリシアに新婚旅行をする夢もみてたけど、大学生になったらヤマハのポプコンに出場できるようなバンドの女性ヴォーカルになるのもいいなあ、なんて、そんな夢もみてた。

でも、短大では音楽のクラブなんかに入らなかったし、ヤマハのポプコンなんて、他人《ひと》ごとだったし、二十五歳のときには、自分がギリシアに新婚旅行に行くことを夢みてたことさえすっかり忘れていました。

二十代のまんなかのころって、むしょうにむなしさを感じて暮らしていました。男の人が仕事に燃えてるのを見物して暮らしていたように思う……。自分の近くにいる先輩とか、二十代後半でしょう。二十代後半の男の人って、そのころ仕事のおもしろさをつかみかけるころだと思うのね。それではりあいを感じはじめる。わたしの場合は、そういう男の人のそばにいることで、自分も仕事が充実しているような錯覚を抱いていたように思います。いいえ、自分の会社でのむなしさを、仕事がおもしろいと思うことのできる男の人のそばにいることでごまかしていた、と言ったほうがいいでしょうか。

わたしは本当は仕事になにもやりがいを感じていなかったんだと思います。男女雇用機会均等法ができましたが、これがどこまで均等か疑わしいものです。それで、なにかしなくっちゃと思って、通信教育をはじめて、それから医療事務の資格をとって今回のとらばーゆしたわけです。

今の勤め先の歯医者さんは、個人病院といっても兄弟二人でやってて、ほかにもう一人、大学から先生が来たりするから、歯科衛生士さんや事務のスタッフの仲間も何人かいて、お昼休みなんか、それなりににぎやかです。

前の会社が大きかったから、今くらいの職場人数のほうがホッとするかんじだし、職場が小さいぶん、自分がなにをしているのか手応《てごた》えがあっていいです。

残業もないし、休みもきちんとしてるから、エレクトーンをならいはじめたんですよ。もちろん今さらヤマハのポプコンに出ようというつもりはないんですけど……。

エレクトーンは練習曲がクラシックじゃなくてみんなヒット・ソングなので、たのしいの。おかげで、病院に出入りの業者さんの関係なんかに結婚式があると、二次会でぜひ、なんて頼まれたりしています。『君といつまでも』や『恋はみずいろ』は今やお手のものになってしまいました。

ところで、優子のことですが、生命や後遺症については問題はないけど、傷がとても深くて跡が残るそうです。家に行ったんですけど、本人はいなくて、お母さまがそうおっしゃっていました。

高校のとき（一年のときだったと思うけど）、文化祭のことで優子の家に都築くんと浜口さんとで行ったことがあったじゃないですか、あの家。

お母さまもくわしいことはよくわからないみたいなの。もしかしたら知ってらっしゃるのかもしれないけど、こういうこと、他人にはあまり言いたくないことでしょうから、わたしもそんなに訊けなくて……。

お母さまにご挨拶しているうちに断片的にかわした話を整理すれば、あんなことをする前に、優子はだれかと電話していたらしくて、その相手が病院に電話して、病院から優子の実家に電話がかかってきたらしいのです。本人が言わないので実家の電話番号がわかるまでにちょっと手間どったそうです。

それで、今は優子は北海道にいるっておっしゃってました。釧路《くしろ》っていったかな（わたしも気をつかいながらお母さまと話してたから、記憶があいまい）。優子が信頼しているなんとかっていう翻訳家のおじいさんの家にいるということです。

だから、入院しているわけではないし、お母さまも、身体《からだ》はぜんぜんだいじょうぶです、っておっしゃるんですよ。なもので、お見舞いに行くってかんじではないみたいに思うんですけど……。優子本人についてはともかく、お家《うち》の方には接触しないほうがよいかと……。

わたしのほうこそ、優子のことを都築くんに訊きたかったくらい。おととし、阪神が優勝した次の日だかに都築くんといっしょに飲んだって話はわたしも優子から聞いてました。だから、都築くんとは連絡とりあったりしてるのかな、って。

あの、誤解しないでね。ヘンな勘ぐりじゃなくて、優子の人柄を知ってるから、そんな勘ぐりをするはずもないんですけど、わたしはいつも優子に相談するばかりだったから（なにせ高校時代から悩みばっかり聞いてもらってたから）わたしでは頼りにならないでしょう。それで都築くんなら男だし、話しやすいこともあったのかな、って、そう思って。

優子のことは心配ですが、とりあえず身体はだいじょうぶとのことなので、わたしとしては、しばらくそっとしておいてあげたほうがいいかな、って思ってたんですが、同時にそういうわけにもいかないのでは、とも思っています。

一度、お会いして、そのこと相談しましょうか。電話してください（0422－23－4567）。

S62・5・17　八木悦子

都築宏様

ユーコ、初夏の緑がきれいです。釧路はまだ寒いのではないですか。でもこの季節、北海道ではライラックが咲くとか。

ライラックってフランス語ではリラというのだそうですね。このあいだはじめて知りました。『リラの花さくころ』というシャンソンはライラックのことだったのですね。わたしのエレクトーンの得意のレパートリーだったのに、このあいだまでつゆ知りませんでした。

ゆっくりしてください。またお会いできる日をたのしみにしています。

ユーコへ　S62・5・20　エツコ

遠藤、話したくなったら話してください。話したくなかったら黙っていればよい。

俺はおととし、遠藤にはたくさんおごってもらったから、借りがあるからな。元気だすんだぜ。じゃ。

遠藤優子様　5／20　都築　宏

前略。

昨日の夜、遠藤から電話がありました。ニキロ太ったって言ってました。それから、あっちでちょっとくらいは仕事もしてるって。俺、すごく迷ったけど、ちらっとあのことについて触れたの。向こうが触れてきたから。そしたら、助教授のことじゃない、ってエツコに言っといて、って。

それから、俺もなんて答えたらいいのかわからなかったんだけど「私、だれにも言わなかったけど、ずっとずっと好きな人がいたの」って。でも、くわしいことはなにも話さなかった。遠藤は笑ってたけど……。

とにかく報告
5／23　都築

八木へ

前略。

末田《すえだ》先生、長いあいだおせわになりました。

数カ月にもおよぶ居候《いそうろう》生活、お礼の申し上げようもございません。院に在学中は、あまりできのよい学生ではなかったのに、本当にご親切にしていただきました。

お話しいたしましたように、来月になりましたら日本を発《た》つ予定です。カリフォルニアは日差しが強いので三年間もいると色が黒くなってしまうでしょうか。でも、生まれながらのバイリンギャルには断じて負けずに勉強するつもりです。先生もおっしゃってくださったように、翻訳の能力と同時通訳の能力はまったくべつだと思いますから。

ベストセラーになりそうな作品をいちはやく嗅《か》ぎ分けて、日本の出版社に売り込み、ばっちり印税をいただく所存でございます。

重ね重ね、ありがとうございました。末尾ながら、先生のご健康とご多幸を、心より祈っております。

草々

昭和六十二年六月二日　遠藤優子

末田正夫先生

拝復。

遠藤くん、とにかく無事に向こうの地に到着されますよう、祈っております。手紙の文章では元気になったようではあるが、そんなに無理をすることはありません。元気がないときは元気がなくてよいのです。

とくに、ああいうことは、そうやすやすと元気になるものではありませんから。元気になる方向へ向かっていれば、それでよいのです。

でも、わたしも家内も、遠藤くんがいてくれたあいだ、ずいぶんとたのしかった。我々老夫婦には子供がいないので、家の中に人数がふえてたのしかったのです。自分で言うのもなんですが、うちの家は広いのだけは自慢できるので、こう広いと居候もしやすかったことでしょう。

院に在学中はできのよくない学生であったと手紙にありましたが、なかなかどうして（たしかに研究者としては不向きではありましたが）、遠藤くんの言語に対するセンスは抜群でした。きっと優秀な翻訳家になって、斯界《しかい》でもある種の注目をされることでしょう。

カリフォルニア州立大学では、ぜひ遠藤くんの持ち味を生かして勉強にも恋愛にも運動にもはりきってください。遠藤くんは、自分でどう思っているのかはわかりませんが、人があなたを見るとき、「木を見て森を見ず」になってしまうきらいがある。林だと人もすぐ散歩しますが、森だと、漆《うるし》の木など手前にあると散歩せずにさっさと帰ってしまう。そういう不運があるかもしれない。けれど、そんなことを気に病む必要はないのであって、そういう人は林も見られない人なのです。遠藤くんにはアメリカ大陸はぴったりかもしれませんよ。

ただ、今度の事件(事件などという言い方をしていいのかどうか、わたしも迷うところですが)については、いくらなんでも遠藤くんにしては遠藤くんらしくもない。

その男性に、なぜ素直に言わないのか、どうもわたしには納得しかねるのです。うちにいるあいだ、あまり遠藤くんは核心に触れる話をしなかったせいかもしれませんが……。

些細《ささい》なことではないですか。あなたがなぜ、それほどまでにあなたの御友人に義理をたてようとするのか、わたしは最後までわからなかった。かえって義理になっていないような気がしてなりません。

面と向かって言えないというのなら、一度、その男性に手紙で素直に自分の気持ちを綴《つづ》ってみてはどうですか。答えがどうであれ、アメリカに発つ前に、そうしたほうがいいと思います。
もっとも「そんなことができるのなら、とっくにそうしてるわ」と遠藤くんは思うんでしょうが。
まあ、わたしは八十歳なので、些細なことだと思うのであって、遠藤くんの年齢ではそうもいかず、そうもいかないから、若いということであり、それゆえに人生はたのしいのですから。
遠藤くんの幸せな未来を、わたしも家内も釧路から祈っています。お元気で。
敬具
六月十日　末田正夫
遠藤優子様

拝復。
先生のご推理のとおり、
「そんなことができるなら、とっくにそうしてるわ」
と、思ってしまいました。
でも、一度だけ、綴ったことがあります。遺書としてですが。
ほんとうにバカなことをしたものだと、今は思いますけど、遺書が書きたいがためにあんなことをしたのかもしれません。遺書なら、相手が負担に思わないような気がしたのでしょうね。彼は応じる必要がないではないですか、私が死んでいたら。私が死んでも、べつにその人はさびしくもかなしくもないような気がしたのです。せいぜいお葬式で、

「いいやつだったのになあ」

くらい言って、それで終わりだろうなって。実際、今でもそれで終わりだろうと思うのです。だから、そんな手紙は綴れません。

あんな大騒ぎになってしまって、私が一番にしたことは、その手紙を隠すことでした。手術室にまで持っていこうとしたくらい、とにかく隠しました。

捨てようかと思ったけれど、これを先生に送ります。一人くらい、読んでくれる人がいたら、それでもう、いいです。先生に送ることで、本人に送ったつもりになります。私は仕事に生きます。音楽を中心に翻訳業を軌道に乗せてゆくつもりです。

敬具

六月十五日　遠藤優子

末田正夫先生

都築くん、お元気ですか。

都築くん、はげましてくれてありがとう。ありがとう。ありがとう。蟻《あり》、蟻、蟻、蟻、蟻、蟻、蟻、蟻、蟻、蟻。

アリガトー、アリガトー、アリガトー、オーオーオー、って歌もあったね、井上陽水のに。もう忘れただろうけど、高校のとき、都築くんが貸してくれたんだよ、陽水のレコード。

都築くん――と、呼ぶのは平気さ。でも、こういう手紙で都築くんと書くのは恥ずかしい。

自分の手が都築という名字を記すのが恥ずかしい。困る。しかたがないから、きみ、にするか。

高校のとき、きみはバカなことをよくしてた。とてもよくしてた。バカなことばっかりしてた。バカなことばっかりしてるけど、たぶん家ではひとりでナニカヲオモフのであろうなと、私は ゲンソウ を抱いていた。私もガキだったからさ、そのころは。

陽水のレコードを貸してもらったとき、ジャケットのあいだにレポート用紙が一枚はさんであった。そこに自分が書いたことも、やっぱり、もう忘れただろうね。私はおぼえてる。

「さっき飲んだ紅茶はうまかった。クリープとレモンを両方とも入れるとうまい。そのうまい紅茶に浸した紙がこの紙である」

たしかに茶色くなったレポート用紙だった。茶色くなってシャーペンの字がかすれてた。

「おっと紙がまだ湿ってるので字がかすれるなあ」

とも書いてあった。それから最後に、

「こんなふうなことをして、俺は世界の木戸宇からはずれてゆく」

と書いてあった。軌道を木戸宇と書いてあった。どんな感じを言いたいのか、すごくわかったの。

すごくわかったの。

すごく、わかったの。

ゲンソウどおりだったから。

でも、きみは、浜口さんにゲンソウを抱いていたから、黙っていることにした。それから悦子と仲良くなったから、絶対黙っていることにした。

高校のとき、それでも、楽しかった。ゲンソウを抱かせる、きみ以外の人間に、卒業したら会えるだろうと疑いなく信じていたからね。

年月を経て、知ったことは、ゲンソウを抱かせる人間になど、めったに会えないのだということでした。このことを、阪神が優勝した次の日の夜に、きみと会ったとき、私はつくづく知った。

「六甲《ろっこう》おろし」のかかる店で、きみは、私がきみを励ましたと言うけれど、それはちがうんだよ。

その人を励ませるのは、その人も自分を励ませる人だから。

そしてお正月に浜名湖で二人で立ってたとき、もう嘘《うそ》をつきつづける限界を知った。

きみは高校のときも、卒業してからも、あの日も、ずっと私を励ましてくれる。

いつもそうなの。励ましてくれる。私の前では暗い顔をしない。悦子のことや受験のことや、そのあとの恋愛や仕事のことで自分にもいろいろと悩みもあっただろうに、あるだろうに、私の前ではそれを見せない。あの日も、

「悩んでてさー、いろいろあってさー、聞いてくれるー」

などと言いつつも、ついに暗い顔は見せなかった。二、三秒以外は。無理して明るくふるまっているのとはちがうんだよね。私に話すとき、もうすでに、自分を客観視できてるから明るく話せるきみ。それはきみの頭の回転が速いから。

いつもそうなの。

きみはそうして、私も明るくさせる。悩みごとをグチるために会っていてさえも。

いつもそうなの。

きみはそうして、私を救う。私は自分でさえも気づかなかった自分の陽気な部分を、きみに引き出される。視界がクリアーになってすっごくたのしくなる。

たのしくなるよ。だからきみはもう、やさしくしないで。もっとたのしくなることにきみが怯《おび》えるのなら、もうやさしくしないで。きみの代用を探して暮らす生活にも、

限度ってもんがあるんだから。

　私があんなことをしたのは、それはきみのせいだよ、って言えないよ。そしたら、きみはまた私を恐れるだろうから。

　きみは女が男に求めることは、ユビワとか結婚とか、もうすこしリリカルに表現するなら、すてきなお食事とか甘ったるく肩を抱くことことか「一人だけを愛する」と言ったり自分の肝《きも》に銘《めい》じたりすることとか、そうしたことだけだと思ってる。

　きみの持ってる女のデータから、そう判断する。それはしかたのないことだし、そうした希望を抱く女の人もちっとも悪いと思わないけれど、私がきみに求めるものは、ぜんぜんちがう、もっともっとワイド画面な関係で、それでもアガペーではなくエロスであるということ、きみはわからなくて、きみはいつも、ただ私を励ます。いつもそうなの。そうして、私はきみと会うと黙ってなくちゃなんなくなる。

　それがいいなら黙ってるけど、黙ってるときみが遠い遠いところにいるんだなってよくわかる。トーゼンなんだよ。きみはうんと遠くにしかいないんだからさ。じゃあさよなら。


（末田に宛《あ》てた手紙に同封されていたもの）

前文御免ください。

わざわざ京都から来てくださって、昨日はどうもありがとうございました。豆つぶくらい席が遠かったのは残念でしたが、とてもたのしいコンサートでした。本物のマドンナにはかわりありません。初の大きさでしか見られなかったとはいえ、来日の彼女をどきどきして見ることができました。

帰り道でも話しましたが、マドンナはひさしぶりにファンになった歌手です（歌手なんて言い方でいいのかしら。アーティスト？　ここ二、三年くらい、音楽シーンには疎《うと》かったから）。衣装もすてきだったし、ほんとに感激でした。どうもありがとう。

それに、コンサートのあとで行った『Ninja』もおもしろかった。あんな店、はじめて。お客さんが外国の人ばかりで、いかにも「外国の人が想像する日本趣味」という店ですが、でも本当の日本人が行くとまたおもしろくて、落ちついて話ができて（このへんが欧米の人には向いてるのでしょうね）食べ物もおいしくて、あんな店が、まさか秋葉原《あきはばら》にあったとは知りませんでした。

都築くん、どこであの店を知ったの？　あんな店を知っている都築くんが、なんだか神秘的に思われてしまいました。

神秘的って言うのもヘンな言い方かもしれませんが、

（どうやってこの店を知ることになったのだろう？？？）

って、その経緯《いきさつ》を空想すると、わたしには想像しきれなくて、だから神秘的なんてヘンな言い方しかできないわけです。

それと、流れていった時間に対して胸がいっぱいになりました。

「やがて月日は流れたのであった」

って、わたし、なんども言ったでしょう? 飲んでるとき。わたしが言うたび、

「何度おんなじことを言うんだよ」

って、都築くんに笑われましたが、ほんとに胸がいっぱいになったのです。

だって、前にふたりで待ち合わせたり、飲み物を飲んだりする場所はいつもマックか『ブーケ』だったじゃない? マックと『ブーケ』に義理があったわけではないけれど、あんなふうな、ファーストフードの店っぽい場所以外に行くなんてこと、ぜんぜん発想できなかった年齢だったころもあった、ってことに対して、胸がいっぱいになったのです。

マックや『ブーケ』で、昨日のように都築くんと話せることができていたら、昨日のように、気負いなくナチュラルに話せることができていたら、わたしは今とはぜんぜんちがう生活をしていたのではないかしらって、そんなことを考えたりもしました。

高校や大学のころって、どうしてみんなあんなに気負ってるんでしょうね。おかしいね……。あのころの悩みごと、今から思うと笑えてくるようなことばかりですよね。

ぜひまた『Ｎｉｎｊａ』にいっしょに行きましょう。御身御自愛くださいませ。

都築宏様

昭和六十二年六月十五日　八木悦子

かしこ

わざわざ手紙をありがとう。

しかし、俺はコンサートにはだんじて不服であった。だって、マドンナが、いくら本物だとはいえ、いくらなんでも豆つぶの大きさでしか見えないんだから。東京ドームでコンサートなんかすんな、と思ったよ。見えないからずーっとステージ脇《わき》のスクリーンを見てたんだが、それしてると、

「なんのためにチケット買ってここにやって来たわけ？」

って腹がたってきた。これではTVやビデオで見てるのと同じではないかと。

八木はやさしいんだな。なんでも、いいように解釈するんだな。

しかし『Ninja』を、八木が気に入ってくれてよかった。うれしい。あの店は、会社のお得意さんのアメリカ人の接待で行って知った店なの。京都在住の骨董《こっとう》が趣味のお金持ちだったんだけど（外国の人ってKYOTO好きだよね、ほんとに）帰国するちょい前に行った店なの。まだあるのかなあって気持ちで行ってみたんだけど。それだけで、さして神秘的な経緯はなにもないのであった。そのアメリカ人の名前がスタンっていって、俺にはなんとなくその名前が神秘的だったけど……。

でも、あそこの鰯《いわし》の梅煮はうまいだろ。酒もうまい。いや、店の雰囲気が落ちついてるから、うまいような気がするだけなのかな。

酒といえば、いやー、八木はやっぱ、よく飲むよ、負けたよ、あの日は。強いんだなあ。高校時代にゃ、ぜったい判明しなかった八木のおどろくべき一面である。

俺なんか、次の日、頭がガンガンしてたっていうのに、八木ってば、きれいな便箋《びんせん》にお礼を書いてよこすんだもんなあ。

よく「ちゃんぽんすると酔う」って言うじゃない？　あれは実は迷信で、酒というのは種類に無関係に、要はその摂取量によってのみ、すごく酔ったりあまり酔わなかったりするかが決まるんだって。

ちゃんぽんすると酔うというのは、ちゃんぽんするということは、そのつど口当たりが変わるから、ついつい大量にアルコールを摂取するため、それで結果的に酔うのだ、ってことなんだけど、俺はちょっと納得しかねるところがある。種類によってもちがうんじゃないかなあ。

俺、日本酒ってウィークポイントなんだよね。うまいとは思うんだけど、日本酒だと、そんなに量を飲んでないのにすぐに頭が重くなってきて、体がぐったりしてきてだるくなってきて、ひたすら眠たくなる。洋モノのほうだと逆。頭が適度に冴《さ》えてきて、体もいい塩梅《あんばい》にへろへろしてきて、理屈より情緒が勝ってくれて、ようするにハイになる。

八木は、日本酒がいいと言っただけあって俺と反応が反対みたいだな。日本酒を飲んでる八木は、こないだも言ったと思うけど、なんともいえず顔や態度がなまめかしくなる。せっかくなまめかしくなっている八木の横で、自分の目が眠たさに閉じていってしまうのが残念でならなかった。

それでね、今度、東京勤務になりそうなんだ。東京支店になるっていうんじゃなくて、そのあたり、いまはちょっとくわしく言えないんだけど（もしかしたら京都のままかもしれないし）、もしはっきり決まって東京勤めになったらぜひまた『Ninja』に行こう。そのときは、八木は日本酒を飲め。俺はウイスキーを飲むから。そうすると都合がいいのではないだろうか？　都合がいいってなんの都合がいいのか知らんが。

ではまた

S62・6／19　都築　宏

八木へ

〈追伸〉

『ブーケ』って、なつかしー！　あの店、今、どうなってんの？　知ってる？　露木文具店の裏にあったから、露木文具店の親父《おやじ》がいつも来てたよな。あの親父はいつもモンブランを食べていた。

前略。
あのジュースはあとでちゃんと飲みました。まさか三本も入ってるとは思いませんでした。ボタンは引き出しをしらべたら、スペアのものがありましたので大丈夫です。
かしこ
'87・8/17（月）ETSUKO
宏様

前略。
うーんと、こないだは「いらない」って言ってたけど、やっぱり新幹線の回数券、同封します。べつに実家に帰るのに使ったっていいし、ほかのことで使ったっていいから。
草々
8/20 ツヅキ
悦子様

前略。
回数券、ありがとう。かわりに、といってはヘンですが、テレカを送ります。つきあい酒で遅くなったときなんか、ふと街の公衆電話から電話してください。ほんのキモチ。京都ではいろいろとお世話になったし、たのしかったから。

草々

8・23　ETSUKO

宏サマ

拝復。

気をつかってくれてありがとう。そういうことなら遠慮なくテレカ十枚、受け取ります。

ところで、こないだもらった写真だけど、帰ってから部屋でもういっかい見直してみたら嵯峨野《さがの》で撮った、自転車に乗ってるヤツ、あれはたしかに心霊写真に見える。髪の毛の長い女の人のななめ横顔と手をのばしている胴体と、それから悦子の帽子がちょうどスカートみたいに見えてしまう。

さいしょは二人で寝ころんで見てたから、そんなに怖くなかったけど（それにホントのこと言うと、あのとき、悦子の頭が腕に乗ってて、ちょっと重くてそのことに気をとられていたのだった）、部屋で一人で見ると、すっごい怖くて、悪いけど、この一枚だけ、送り返す。俺、こういうの苦手なんだよな。

『笑っていいとも』の心霊写真コーナーにでも送ってみたらどうでしょうか？

怖いから送り返すなよな
8／24　ツヅキ

悦子サマ

ユーコ、こんにちは。

カリフォルニアの青い空が、きっとユーコを元気にしてくれていることと思います。キャンパス・ライフはいかがですか？

それにしてもすごいなあ。わたしなんか、とってもユーコのようなガッツはありません。ちまちまと毎日を送っています。歯医者さん勤めもすっかり慣れてしまって、そろそろ結婚退職で花を飾りたいものです。

このあいだ、ユーコのお母さまがわざわざうちの歯科医院に来てくださいました。お友だちから評判を聞いてっておっしゃっていましたが、びっくりしました。先生に、とくべつ親切に診察するようにって言っておきましたからね。

あとは、ちょっとだけいいことがおこっています。なんとなく花の女子高校生にもどったような気分になるようなこと……といっても、もちろん戻れるわけはないので、ささやかな女子高校生気分とでもいえばいいでしょうか。

わたしが報告できるのは、せいぜいこんなことくらいですが、ユーコは異国の地で活発に華麗に生活できる人です。もしよかったら、そちらのようすも教えてやってください。
くれぐれもお身体《からだ》だけはたいせつに。なんといっても外国です。水や食べ物には注意して、よりいっそう勉学にスポーツに励まれますように。

9・12　八木悦子

遠藤優子様

遠藤、きっとがんばってるんだろうな、遠藤のことだから。毎日、ハンバーガーばっか食ってないでジャパニーズ・フード（とくにトーフにワカメ）も食えよ、体にいいから。

俺、前々から思ってたことがあって、語学の勉強をいっしょうけんめいする女って、なんかいじらしくてさ。うまくいえないけど、なにかを無理に捨てて勉強してるような気がしてさ……。こんな言い方したら遠藤に失礼かな。でも、そんな気がしてしまうんだよな。

ほら、数学とか物理とかだと、好きでやってる、ってかんじするじゃない？　文学でも、好きでやってるってかんじするじゃない？　そこいくと語学ってのはさあ、なんか「こつこつ」ってかんじしてさあ、禁欲的でさ。でも、遠藤はそれを選んだんだから、選んだからにはがんばれよ。俺も八木も応援してる（こないだ会ったときも八木はずいぶん遠藤のことを心配してたぞ）から。なにか困ったことがあったらいつでも知らせてくれ。コレクトコールで国際電話していいから。

9／12　都築　宏

遠藤優子様

前略。

末田先生、以前に出した手紙に同封いたしました、例のもの、どうか焼き捨ててください。私はアメリカで元気にやっております。だからあれは、どうかもう焼き捨ててください。your eyes only ということで。

草々

9・13　遠藤優子

末田正夫先生

PART Ⅳ

前略。

お借りしたTシャツを返送します。次に会ったときでいいってことだったけれど、今週は結婚式が二個も入ってて（ほら、例によって例のごとく、わたしはエレクトーンを弾《ひ》かなくてはならない）、会えないと思うので、先に借りたものはちゃんとお返ししておくことにします。ソックスはおまけです。気に入ってくれるといいんだけど。

それと、舘山寺《かんざんじ》温泉の話だけれど、ふとその話を母親にしたら、母親が行きたそうにしてました。浜松《はままつ》に住んでてもずっと行ってないからって。都築くんは、うちの母親には一回は会ってるよね。そんなに気をつかうような人でもないので、三人でどうですか？

さ来週の、都築くんのお休みのとき（木曜日でも、あらかじめ頼めば、わたしのほうは休みがとれますから）にでも。

草々

宏サマ　　　S62・9・30　ETSUKO

前略。

Tシャツはたしかに受け取りました。しかし、わざわざ宅配便にすることなかったのに。ソックスもありがとう。

うちのデパートの名古屋《なごや》店でやっている有田焼《ありたやき》展のチケットを二枚、お礼に同封します。お母さんを連れていってあげてください。

さ来週は、ちょっとまだ予定がつかなくて、とりあえず舘山寺のことはなしってことでいいかな？

浜松に住んでるくせに行ったことのないところはどこかってことで言ってたんであって、俺、寺を見るのはちょっとパスする。また連絡します。エレクトーン演奏、がんばってください。

では
悦子サマ　　　10／3　ツヅキ

前略。

有田焼展はとてもよかったです。チケットどうもありがとう、って母親から伝言をたのまれました。

母は、都築くんのことをよくおぼえていて、高校のときの体育祭の写真を届けてくれたときのことをたのしそうに話していました（「好青年」って言ってましたヨ）。

さて、実は展覧会で、母親はふんぱつして有田焼の食器セットを買ったのです。古《こ》伊万里《いまり》のすてきな柄です。

それで、母親はこの食器を使いたくてしかたがないらしいのです。チケットのお礼も言いたいって言ってるから、今度、家に来て、母親の料理を食べてやってくれませんか。わたしもいっしょに作ります。

といっても、べつに晩餐会《ばんさんかい》なんてもんじゃなくて、近所のおばさんも来るような、井戸端でおしゃべりするふうなものです。気まぐれな帰省がてらってかんじで来てくれるとうれしい。

かしこ

10・10　ETSUKO

宏サマ

前略。

あのチケットは俺はタダでもらったわけだし、そんなにお礼してもらうことないです。どうぞお気軽にいてくださいと、お母さんにもお伝えください。

ここのところ、ちょっと仕事の関係でばたばたしてて、あまり時間がありません。もしかしたら、仕事内容が変わるかもしれなくて……。転職っていうか……実は、うちのデパートと同系列資本ではあるんだけど、アイランド・グループって総合イベント会社（っていえばいいのかなあ）があるじゃない？　あそこから一種のヘッドハンティング的な話があってさ、それで今、頭がいっぱいで……。

そういうわけなんで、会うのもちょっと無理っぽいので、よろしくお願いします。

悦子サマ　　10・15　都築　宏

拝啓。

すずやかな季節となりました。先日はすばらしいエレクトーン演奏を拝聴することができ、幸いでした。その後、いかがおすごしでしょうか。

二次会では、ぼくはずいぶんと酔っぱらってしまい、初対面の八木さんに失礼なことを言ったりしたのではないかと、少々、不安になり手紙を書きました。

どうも酒を飲むとやたら調子のいい男に変身してしまうようで、あとでいつも恥ずかしくなるしだいです。

もっとも、ぼくはそんなに飲めませんのですぐに寝てしまうので、起こすほうがたいへんだと、よく文句を言われますが……。

それにしても、八木さんのエレクトーンはとてもよかったです。お小さいころからピアノでも習っていらしたのでしょうか。西田敏行の歌ではありませんが、自分がピアノなど弾けないものですから、鍵盤《けんばん》のあるものを弾ける人を見ると、手放しで尊敬してしまいます。音楽の授業などでは、ぼくなどもっぱらシンバルとかタンバリンでしたから。

八木さんはお休みの日にもピアノやエレクトーンなどをお弾きになっていらっしゃるのでしょうね。おしとやかな趣味の方だから室内での趣味がお好きでいらっしゃるのでしょうか。

室内での趣味といえば、ぼくは楽器はぜんぜんダメなのですが、フィギア作りが好きなのです。まあ、プラモデル作りですね。子供のころから大好きなんです。帆船《はんせん》など、細かければ細かいほど意欲に燃えたりします。

歯科大に行ったのも、ほとんどプラモ作りが好きな自分が活《い》かせるかな、ってノリで……いやはやこんなことを告白するとバカにされそうなんですが……。

ひとりっこだったせいか、団体行動というのがどうも苦手で、そんなだから大学のときもサークルは「アニメ研究会」という名前だけはかわいらしいサークルに入っていたんですが、サークルに入ったからには、やっぱりそれなりのつきあいが生じてきて、いつもいつも単独行動をしているわけにはいきませんでしたので、そのときの先輩の妹さんというのが、先日の結婚式の新婦だったわけです。

というわけで、口べたなぼくは、二次会で失礼だったのではないかとたいへん恐縮しております。

先輩に久しぶりに会いに行く気持ちで出席した結婚式でした(もちろん、妹さんには、先輩の家に伺ったときなどに顔を合わせておりましたので、結婚を祝う気持ちもありました)が、そこでエレクトーンを弾く八木さんに会うことになったのですから、ほんとうに人生ってふしぎなものですね。

またお会いできればと願っています。エレクトーンが弾ける場所を探しておきますので、ぜひまた聞かせてやってくださいませんか。

お忙しいと思うので、いつでもけっこうです。なにかご予定されていたことが不意にキャンセルになってしまったようなときがございましたら、お気軽に声をかけてください。お渡しした名刺には病院のほうの電話番号しか記していないので、自宅の電話番号を記しておきます。

03—9—23—4567です。

それではお身体に気をつけられて。ごきげんよう。

敬具

八木悦子様

昭和六十二年十月十七日　保坂昌志《ほさかまさし》

拝復。

お手紙どうもありがとうございました。

二次会では、ちっとも失礼なことなどおっしゃいませんでしたのでご心配は無用です。それどころか、なんて礼儀正しい方だろうと、わたしは感心したくらいです。

ピアノは中学生まで習っていたものの、高校からはずっと休んでいて、最近になってエレクトーンを習いはじめたのです。わたしなど、本格的に音楽をやっていらっしゃる方の足元にもおよびません。

どちらかというと、旅行したりおもしろい店に行ったり、たわいないことでミーハーに騒ぐのが好きなほうだと思います。そんなにおしとやかな人だと思われると困ってしまいます。

模型の帆船をお作りになるのですか？　それこそいいご趣味ですね。機会があったら見せていただきたいくらいです。

末尾になりましたが、保坂さんもお身体に気をつけて。

敬具

保坂昌志様

昭和六十二年十月二十二日　八木悦子

拝啓。先日はたいへんありがとうございました。

もとはといえば、こちらの注文がまちがっていたのに、あのように東京まで何度も足を運ばせてしまってほんとうに申しわけないこと。

おかげさまで、先方が日本をお発《た》ちになる前に間に合わせることができました。父ともどもたいへん喜んでおります。ほんとうにありがとうございました。

心ばかりのお礼のしるしでございます。ハンカチを同封いたしますのでお使いくださいませ。

敬具

昭和六十二年十月十七日　渡辺真美《まみ》

都築宏様

前文御免下さい。

当然のことをしたまでなのに、あのようなご丁重な手紙と、ハンカチまでいただき恐縮しています。ありがとうございました。今後とも小社デパートのご利用をお待ちいたしております。

短くはありますが、御礼まで。

草々

十月二十日　(株)大島屋百貨店美術部　都築宏

渡辺浩三様
真美様

拝啓。

夜には虫の声も聞こえはじめました。渡辺様におかれましては益々《ますます》ご清祥《せいしょう》のことと存じ申し上げます。

さて、先日は思いもかけず、あのようなおもてなしにあずかり、たいへんありがたく存じます。

渡辺様が御自《おんみずか》ら陶芸をおやりになるとは。興味深いお話をいろいろと伺うことができ、充実した、またおいしい夕食でした。

今後とも、ますますご趣味の腕を磨かれますよう、また、渡辺様ご家族のご健康をお祈り申し上げます。

敬具

昭和六十二年十月二十五日　都築宏

渡辺浩三様
真美様

前略。

都築さんからのお手紙を、何度も何度も読みました。だって、とてもきれいな字なんですもの。手紙を書き慣れた方の字というのでしょうか。父も感心していました。でも、今日は父とは関係なく、わたしが勝手に手紙を書いています。だから、どうかお気軽にお読みになってくださいね。

実は、南座《みなみざ》のチケットが一枚あまってしまったのです。あまったのです。いっしょに行くはずだった京都の叔母がダメになってしまったのです。あまったからといって誘うのも失礼なのですが、ちょうど木曜日なのですね。だから万が一、暇で暇でしかたがないようでしたらごいっしょにいかがですか？　演目の内容についてなどはチラシを同封しておきます。堅苦しくない短いお芝居（踊り）だと思うのですけれど。

日が迫っているので、もしだいじょうぶなようでしたら、その場合だけ、お電話ください。ダメなら電話はしなくていいです。叔母や従姉妹《いとこ》に会いに行くついでで南座にでも、と思ってとったチケットだったので、南座にかりに一人で行っても夜は従姉妹たちと会えますから全然、平気です。

敬具

都築宏様

10・30
渡辺真美

謹啓　時下ますますご清祥のこととお慶《よろこ》び申し上げます。

さて、来《きた》る九月二十日、東京プリンセスホテルにて都築宏と渡辺真美の結婚式をとり行いたく、ここにおしらせするしだいでございます。

昭和六十三年八月二十日

都築泰次　（次男　宏）

渡辺浩三　（長女　真美）

つきましては、同封のはがきにてご出欠の有無を九月一日までにご回報くださいますようお願い申し上げます。

ご出席

ご欠席

ご芳名　島木紳助
ご住所　墨田区《すみだ》京島《きょうじま》1―2―3
曳舟《ひきふね》サンハイツ501号
おめでとう。新婚旅行から帰ったらぜひ夫婦そろって我が家に遊びに来てください。

ご出席
ご欠席
ご芳名　遠藤優子
ご住所　Dom. 668. 432 West. Northlidge, California, L.A. U.S.A.

結婚しました！

♡去る八月二十七日、保坂昌志と八木悦子はハワイの教会にて、ふた♡

♡　りだけで結婚式を挙げました。
♡　まだまだ未熟なふたりですが、ささやか　♡おたがいに励ましあってあたたかい　♡
♡　家庭を築いてゆきたいと思っております。つきましては、ささやか　♡
♡　なパーティをひらきますので、お忙しいとは存じますがどうぞご出　♡
♡　席のほどお願い申し上げます。　♡

日時　九月三十日
　　　　3PM～6PM
場所　マリエンバート
　　　港《みなと》区六本木1-1-2-13
　　　☎4321-1234

当日は平服でおいでください。ただし、華美な装いや仮装などなさりたい方はそのかぎりではありません。

1988・9・9

保坂昌志

八木悦子

~~ご出~~席
~~ご~~欠席（丸囲み）

~~お~~名前　森本　毅
~~ご~~住所　日野《ひの》市太陽台１－２－３２１号

（未投函《みとうかん》のままごみ箱へ捨てられたもの）


前略。

ユーコ、このあいだは久しぶりに声が聞けてうれしかった。

ハワイのホテルから電話をかけるとき、同じアメリカだからと時差のことをちっとも考えていませんでした。でも寝てるところを起こしてしまわなくてよかった。

電話では長く話せなかったけれど、そのとき言ってた結婚のお祝いパーティはぶじにすみました。天皇陛下のことがあって、世の中全体に自粛《じしゅく》ムードなので、まあ、関係ないといや関係ないのですが、友だちばっかり呼んでアットホームにやったから肩のこらない集まりになりました。島木くんが来てくれて、フライングじゃないのかって疑惑のまなざしを向けてた。「前より顔がふっくらした」とか「ウエストのへんが太くなったようなかんじだ」とか、失礼なの。どっちかっていうとダイエットして前よりやせたとよろこんでいるというのに。

まったく島木くんたら、自分の結婚がフライングだったからといって他人まで同じ目で見ているんだわ。そんなことは断じてありませんからね。早く子供は欲しいけどね。

けれど、結婚って、ほんとにタイミングなんですね。タイミング。

タイミングか……。なんだかつくづくそう思います。

ねえ、この世の中を支配しているものって、すべてタイミングだと思いませんか？

わたし、そう思われてならないんです。

生きていれば人と人がめぐりあうでしょう。でも、そんなに毎日、毎日めぐりあうともいえない。かぎられた機会でめぐりあう。めぐりあった人すべてに好意を抱くわけではありません。「いやだな、感じ悪い」って思う人も少ないけれど、反対に「あ、なんて好きなんだろう。好きで好きでしかたがない。すごく好きだー」みたいに思う人も少ない。

ほとんどの場合、「ふつう」でしょう。その「ふつう」のなかで、微妙な差があるってくらいで。で、その微妙な差が発展していくか否《いな》かが「ご縁」というやつだと思うんですね。

ある男の人と女の人が、知り合ったときからお互いにほのかな好感を抱きあったとしても、この「ご縁」ってやつがないとダメ。

知り合ったときに男の人が、たとえばたまたま海外赴任が決まったばっかりで、明日は出発って日だったりとかするじゃない？　そしたら次に会うっていったって、なかなか難しいもの。そりゃ、一目会ったそのときから燃えるような恋におちて、っていうような場合もあるにはあるでしょう。でも、そういう場合がおこりうる確率ってすごく低いと思うの。そう確率。

ご縁っていうのはたぶん「確率の高さ」のことなんだわ。だって、確率が高いっていうのは会う回数が多いってことだと思うの。ご縁がなければ会うことができないもの。

職場恋愛や職場結婚が多いのは、だから当然というか自然なことだと思うんですね。人のめぐりあう機会はかぎられていて、その上ドラマのような一目惚《ぼ》れの確率はものすごく低くて、ほのかな好意を成長させていくケースがほとんどだとしたら、よく会う人と成長させやすいもの。それに、そもそも同じ職場にいあわせたってこと自体がご縁じゃないかしら。

「お婿《むこ》さんになる人とは生まれたときから小指が赤い糸で結ばれているのですよ」

っていうコマーシャルがあるけど、これはきっと確率の高さのことを言ってるんだろう、って、わたしは思ってたんです。

でも、ちがうの。ちがうっていうより、確率だけじゃ事はすまないって言えばいいでしょうか。

ある男女がいて、互いに好意を抱きあって、ご縁あって互いの好意が成長していったとしても、「タイミング」という風が吹いてくれなければ、どうにもならないんだ、って、ハワイの海岸ですごく思ったの。

ほら、好き同士なのになぜかデキない男女って、たまにいるじゃないですか。あれってタイミングを逸《いっ》しているんだよね（デキる、なんて下品な表現だけど）。タイミングって、こればっかりは天の授かり物だからね。

わたしも……、これはユーコだけに言うことだけど……、わたしも、都築くんは高校のときからの知り合いで、ちっとも都築くんのこと嫌いになったわけじゃないのに、深いおつきあいになるタイミングを逸してしまってた。でもご縁はあったから、再会できたのでしょう。でもご縁があるだけなら、再会できただけだと思うの。「タイミング」がキマったからつきあうことになったんだと思うのです。

つきあっているうちに、正直言って、結婚のことを考えはじめました。けれど、結婚という次の段階にはまたタイミングが必要なのよね。

わたしは前の会社をやめて、歯医者さんで働いていて、それにも慣れて、三十歳を目前にして、もう気分はばっちり結婚だった、んだろうと思います。自分の気持ちのことを、こんなふうに推測しているような言い方で言うのはヘンかもしれないけれど、都築くんと会っているとき、結婚のことはちっとも口に出さなかったのよ。高校時代にもどったような気分だったから、それだけでうれしくて。

ただ無意識のうちに思ってたのだと思うんです。

ところが、都築くんのほうはといえば、これは、あとになってわかったことなんだけれど、大島屋デパート系列のアイランド・グループの総合企画部に移る話があって、そのことでかなり頭がいっぱいだったみたいなの。「もし」とか「もしも」とかって、あとから言ってもせんかたないことだけど、もしも、わたしがもうちょっとだけ結婚に対してのんびりしてたら……。一年なんてもんじゃない、わずか二カ月くらいだけのんびりしてたら、そしたら都築くんの仕事上のバタバタはすっきり終わってて、そのタイミングでなら結婚に対して、彼も頭が向いたんじゃないだろうか……。

春ごろは、よく、こんなふうに「もし」を考えていました。それで苦しくなったことさえあります。昌志さんにすごく悪いことをしているような気がして。

今も、「もし」を考えることもありますが、春ごろのような苦しさはありません。つまり、タイミングなんだな、って心から思うから。

昌志さんは、今、寝ています。鼾《いびき》はかかない人だけど、狭いマンションなので、寝ている気配が伝わってきます。これって、すごく安心します。この人の奥さんになったんだなあ、って。タイミングとご縁の両者があってこそ、結婚にいたるのだから、今のわたしに迷いのようなものはありません。

ごめんなさい。異国でもくもくと勉強しているユーコには、こんな恋愛や結婚のことなんか、興味がなかったでしょうね。長々と書いてしまいました。

お身体《からだ》にはくれぐれも注意してね。たまには連絡してください。

草々

1988・10・2　保坂悦子

遠藤優子様

前略。

島木、こないだは派手なパフォーマンスでもりあげてくれてありがとう。おかげでにぎやかな二次会になりました。

しかし、しばらくすると父親になるのかと思うと、我ながらふしぎな心地です。

「ハメられたな」

って、島木がニヤッと笑ったとき、俺、正直言って、核心をつかれたって、骨の髄《ずい》から思った。

ただ……、三十歳っていっても、俺たち男がどれだけ妊娠や避妊について正しい知識を持ってるだろうか。戦後、学校教育ではたしかに妊娠のメカニズムについて教えることになっていて、俺も高校のときの保健体育の時間にたしかに習った。しかし、教えていたのは古い世代のジジイの先生なわけで、そのへんのページはささっと教科書を読んだだけで終わりではなかったか。

それ以降、どこで正しい知識を教えられただろう。たんなる口コミでの、噂《うわさ》といってもいいていどの幼稚な知識しか、男は知らないのではないか。女性の生理についてさえ、正しい知識を持っていないような気がしてならない。

こういうことって大事なことなのに、ティーンのころはたんなる好奇心だけで性のことを知ろうとするし、ティーンをすぎれば女まかせ、噂まかせ。で、あとは場数頼り。

だから「ハメられた」なんて感情が湧《わ》いてしまうのかもしれないが、もとはといえば、男が学ぼうとしなかったから、というか無防備、無知だからであって、これって、日本では荷物をちょっと道ばたに置いておいても盗まれることが少ないから海外でも同じことをしていて盗まれて怒っているようなものではないかって思う。あれ、俺の譬《たと》えってヘンかなー。

でも、海外旅行をすると盗難にあったことさえも、それはそれでおもしろいエピソードとして受け入れてしまうじゃない？ 生命にかかわることでないかぎり（健康を著しく害することでないかぎり）。

結婚て、こんなかんじで決まるんじゃないかな、って、今は思う俺なのだった。

草々

島木紳助様

'88・10／2　都築　宏

第四章　指輪

PART I

拝啓。

はじめておたよりいたします。作家の人に手紙を書くのもはじめてです。なものですから、手紙だというのにドキドキしています。

すこし前から黒田先生の小説を知って、たてつづけに五冊も読みました。それで、なんとか自分の気持ちを伝えたくて筆をとったのです。

わたしは、二十一歳の女性です。短大を出てから、しばらくふつうの会社に勤めていたのですが、今はふつうの会社とは、ちょっぴりちがうところで仕事をしています。そのお仕事がオフのときは、サンタイ・カルチャーセンターに通っていて(イラスト教室に入っています)、かなり本格的な趣味としてイラストを描いているのです。前に水彩画をやっていたので、それの応用というか、アレンジというかそんなかんじです。

こんな毎日のなかで、ふとしたことがきっかけで、黒田あゆ子という作家を知りました。わたしは今まで、現代ものでは、女性作家の本は読んだことがなかったので、なんとなくおそるおそる読みました。

さいしょに読んだ作品は『へなちょこ探偵ポーリンの暗号』でした。『へなちょこ看護婦ポーリンの宿直』も好きです。『へなちょこ教師ポーリンの授業参観』は今、本屋さんに注文を出しているところ。へなちょこシリーズは、読む前はコメディだと思っていたのですが、読んだらみんな悲しい話なので意外でした。

最新刊の『熱帯の島のひとごろし』はすごく好き。バリ島のかんじが恋人たちのムードにあっていて、とてもエロチックでした。

これからも黒田先生の本はみんな読むつもりでいます。どうかお身体《からだ》を大切に。ますますご活躍されますようお祈りいたしております。

敬具

昭和六十三年十月十二日　安倍《あべ》千代子

黒田あゆ子先生

おたよりありがとうございました。拙著《せっちょ》をたのしんでくださっているとのこと、たいへん光栄に存じます。バリ島に旅行していて、しばらくのあいだ、へなちょこシリーズをお休みしてしまいましたが、これからまた書くつもりです。これからもご愛読ください。

安倍千代子様

昭和六十三年十一月一日　黒田あゆ子

〈ポーリンはいつもアキラのことを考えていたし、アキラもポーリンのことを考えていた。ふたりは暗号を解読しながら、べつのことを解読しているようだった。ポーリンはアキラにさわらない。アキラもポーリンにさわらない。ふたりの肉体は決して接触しなかった。それでも、同じ部屋にいるとポーリンはアキラの吐いた空気を吸い、アキラはポーリンの吐いた空気を吸う。それは、世界中のどんな恋人たちがかわすキスよりも濃厚だった。さわらないことが、なによりもいやらしいのだった。

暗号がすべて解読しかかるとき、ポーリンもアキラも、互いの肉体のすみずみまでをさんざ舐《な》めつくしたような疲労があった。

なやましい疲労。そう表現するしかない疲労。〉

わたしはこの部分を、何度、読み返したかしれません。

まさか、お返事をいただけるとは思ってもみませんでしたので、先日は手紙にあまりくわしく書くのはやめたのです。

でも、お返事をいただいて、またこの部分を読み返しました。ポーリンはアキラとは、この回では結ばれませんでしたが、二人はすでに結ばれているのですよね。

そうは書いていないけれど、本当は結ばれているような気がしてならず、何度も何度も読み返してしまうわたしです。悲しくて涙があふれてしまいます。なぜ、二人はもっと正直にならないのかと、悲しくて涙があふれるのです。

これからもがんばってください。

十一月三日　安倍千代子

黒田あゆ子先生へ

前略。

『へなちょこ課長ポーリン』を、今日、読みました。近くの図書館にあったのです。これではポーリンとアキラは結ばれるのですね。

これは意外でもなんでもありません。とうとうその場面を書かざるをえなくなったのだと思うのです。そうしないと、罪悪感でいっぱいになるから……。そうではありませんか？

罪悪感を消すために先生はきっとポーリンとアキラの本当のことを告白したのだと思うのです。

二人は横浜《よこはま》のホテルに泊まったことになっていますが、そこの場面は実際に泊まった人でないと書けないことです。

〈ポーリンとアキラのくちびるが重なりあうと、グランドホテルは窓がなくなった。きっと海が消えたから。きっと空が消えたから。きっと星が消えたから。月も太陽も消えて、うごめく二つの舌だけが、そこに存在した。一つの舌は、やがて乳房を舐めずりまわし、もう一つの舌は、やがて臍《へそ》と臍のななめ下にある傷あとを舐めた。〉

わたしは、この場面で血の気がひいていくのを感じました。アキラの臍のななめ下に傷あとがあることをなぜ先生が知っているのか。それは先生がこの場面に書いたようなことをアキラとおこなったからにほかならないのです。

アキラのモデルの名前を教えてください。わたしはアキラを責めるつもりはないのです。ただ、真実のことが知りたいのです。

アキラは本当はアキラという名前ではないはずです。わたしは真実のことが知りたいのです。隠されているのが、たまらなくいやなのです。
先生をとがめているのでも、先生を糾弾《きゅうだん》したいわけでもありません。教えてほしいのです。本当のことを。ただ、真実を。

かしこ
千代子

黒田あゆ子先生へ

先生、わたし、知ってるんです。もしどこまでも隠すつもりでいらっしゃるのなら、『噂《うわさ》の深窓』に投書してでも、先生の口からアキラの本名を聞き出します。
こんなことを言ってくるなんて、頭がおかしいのね、と思われるかもしれませんが、そうではないんです。わたし、妄想《もうそう》でこんなことを言ってるんじゃありません。どうしても気になって、気になってしかたがないんです。だから、FAXしました。今日中に答えてください。答えはアキラ本人に伝言してください。久米哲也という、あなたの担当編集者に。

1988・12・13　千代子

黒田あゆ子先生へFAX二枚

久米くん、夜中にごめんなさい。編集部に残っていたらすぐに電話ください。すぐにすぐにください。
久米くん以外で残っている人がいたら、すぐに電話するようになんとか連絡してください。

久米哲也様へこの用紙含め、一枚送信。

送信元・黒田あゆ子

今、編集部のほうにファックスしたけど、自宅のほうへもファックスします。
実は、さっきヘンなファックスがうちに来て、気持ち悪いのです。たしか、前にファンレターをくださった女性で、千代子さんという人なんですけど、この方と久米くんは知り合いですか？
なんでうちのファックス番号を知ってるの？　その人からのファックスもファックスしておきます。すぐに連絡ください。

久米くんへ

送信元・黒田

前略。

久米さんから昨日遅く話は聞きました。やっぱりアキラは久米さんだったのですね。それがわかればいいのです。それだけなんです。先生、ごめんなさい。さぞかし気持ちの悪い思いをさせてしまったでしょうね。

わたし、怖くて、哲也本人に訊《き》けなかったのです。だからあんなふうに取り乱した手紙やファックスをしてしまって……。ほんとうにごめんなさい。でも、本当のことがわかったから、すっきりしました。

哲也と先生のあいだについては、わたしは前々から気づいていたのです。その影におびえて、その影が怖くて、あんなふうに気が動転してしまって……ほんとうにごめんなさい。

これからもがんばってください。

かしこ

十二月十六日　安倍千代子

黒田あゆ子先生

拝復。

久米くんから話をくわしく聞いて、またあなたの手紙を読んで、あなたが、恋する者であるがゆえに冷静な判断を欠いてしまわれていたことはよくわかります。

恋する者はだれもみな、そういうものなのでしょう。

けれど、それでもあなたに、ひとつだけ言っておかねばならないことがあります。

ポーリンのシリーズに出てくる横浜グランドホテルでのシーンですが、あれは久米くんとはなんの関係もありません。

久米くんと私はセックスをしたこともないし、キスをしたことも、手をつないだこともありません。グランドホテルにはいっしょに行きました。でもラウンジでお茶を飲んだだけで、室内の描写はホテルからもらったパンフレットの写真を参考にしました。

〈今日のことも、明日になればもう〃むかし〃になってしまうんだね〉

というセリフが出てきますが、これは久米くんから拝借いたしました。けれど、

〈胸もとに唇のあとを残せば、きみは明日からしばらくはその服は着られない〉

というセリフは久米くんではなく他の男が言ったのを拝借しました。しかも、その男は、私にそう言ったのではなく、自分がつきあっていた女にそう言ったことがあるという話をしてくれたのを、拝借しただけです。

だれか実在の人物が実際に口にしたことや、おこなったことを使わせてもらうこともありますが、何人かのことばや行為をつぎはぎして、フランケンシュタインのようにアキラは作られているわけです。また、まったくの想像の部分も多くあります。む

しろこちらのほうが多いでしょう。
小説というのは、みんなこうしたものではないでしょうか。べつにアキラに特定のモデルなどいないのです。ましてや、久米くんと私の記録ではないのです。実録ではないのです。この点だけは、なにとぞご理解くださいますよう。

敬具

十二月二十日　黒田あゆ子

安倍千代子様

臍のななめ下に傷あとなんかあったっけ？　テキトーに書いたのにまさか当たるとは。暗かったしさ。指摘されるまで気づかなかったわ。

12/21　黒田

久米くんへこの用紙、一枚送信

バカ

久米

黒田さま一枚返信

まず、くちびるを合わせ、徐々にすぼめて、発音する。

「MI」

息がせつなく洩《も》れて、舌をぺったりと奥歯に当てて、次の発音。

「KI」

息はさらに狂おしく洩れる。

「MI」

「KI」

なんどもなんども、ゆっくりと、わたしは発音してみる。枕《まくら》の布が湿るまで、その名前を発音する。

息の粒子から、名前が浮かびあがり、名前は映像となって、わたしのまなうらに浮かびくる。

MIKIという名の彼女は、いつもわたしの部屋に住んでいて、いつもわたしと息をする。

あつぼったい曇り空の朝にカーテンを開けるとき、その空から冷酷な雨が降るのを見るとき、鳴らない電話を見つめるとき、どんなときも、いついかなるときも、彼女はわたしの部屋にいる。

まぼろしにすぎない。

そうだ。彼女は、もちろん、まぼろしにすぎない。

まぼろしにすぎないがゆえに、彼女はよりぴったりとわたしの部屋にいる。

くしゃくしゃになったシーツに髪の毛が何本もからみついてなどいれば、そんなときは、わたしの吸う空気の量を少なくするほど、彼女は、この部屋に、いる。

恥ずかしいけれど、わたしは自らを抱きしめる。トテモ恥ずかしい。そんな行為自体が恥ずかしいのに、その理由が、彼女を想像してのことであるとなれば、モット恥ずかしい。

一日じゅう、なにもせず、なにもできず、ただ顔を思い出している。彼女の髪の毛を吸ったシーツに嫉妬《しっと》している。

ながいあいだ、わたしは彼女に手出しができなかった。自分の思いを打ち明ければ、どんなに驚くか、どんなに怖がられるか、それを思うとなにもできなかった。

わたしは自分の気持ちを隠して隠して隠して隠して、隠すことで呼吸困難になりそうなほど隠して、彼女と話していた。彼女と飲み物を飲んでいた。彼女と食べ物を食べていた。彼女とすわっていた。

とくに、どこか高い所に行くときは、舌を噛《か》んで隠した。

高い所はエレベーターに乗るから。長いあいだふたりきりで小さな箱の中に入れられるから。小さな箱にいると気圧が変化し、わたしの欲望は破裂しそうになるから。

彼女はなにも知らずわたしの顔を見つめ、なにも知らず階の表示ランプを見つめる。

彼女の首と肩。白い首と肩。ブラウスの背中に透けるブラジャーのストラップ。わたしは舌を噛む。抱きついてはいけないと、舌を噛む。抱きつきそうになる。そのままエレベーターのすみに追いこんで、手首を摑《つか》み、キスしそうになる。なにも知らず、彼女はまたわたしを見る。わたしは自分の思いを隠して彼女を見る。ながいあいだ、わたしは隠していた。実際の年月よりも十七倍の年月が過ぎたように思われるほど、ながく感じた。

隠しとおす予定であった。死ぬまで隠しとおす予定であった。堅固な決意は、彼女のほんの気まぐれにより、あえなく崩れた。

「××××なのね」

わたしのくちびるの形状についての、ほんの気まぐれな感想を彼女は述べ、笑いながらわたしに抱きつき、わたしに触れた。

感想を述べた部位に彼女のくちびるが触れたときから、わたしの決意は崩れた。

わたしは彼女が好きである。

ただひとことの真実を認めることが、しかし、これほどにもわたしの苦しみを取り払うとは。

なぜ彼女は女なのか。

なぜわたしは男ではないのか。

こんなことは、いったいなんの障害だろうか。こんな些細《ささい》なことで、いったいなにを守ってきたというのか。

社会を？　立場を？　責任？　倫理？　貞節？　任務？　なにが守られたか？　なにも守られはしなかったのだ。

彼女が好きである。

この真実を隠す苦しみを負った時点からすでに、わたしはなにも守れはしなかったのだ。守るどころか破壊がはじまっていたのだ。しかも、守っているつもりでごたいそうに破壊していたものは、塵《ちり》ほどの価値しかない馬鹿《ばか》げたものであったのに。なんというながい年月をかけて、わたしはダイヤモンドを見失っていたことだろうか。

だれかを好きであるという感情など、雨のようには、日本車のようには、バクテリアのようには、そんなもののように容易にありえることではないのだ。希有《けう》な光がやく石を見捨て、わたしは塵ほどの価値しかない馬鹿げた立場と責任と倫理を守ろうとしていた。

互いにふれあったときの、あのときの彼女の口の温度を思い出すと、キーボードを打つ指が痺《しび》れはじめる。あのときの彼女の舌の湿度がわたしの口のなかでよみがえると、痺れた指は発熱し、わたしはまた泣いてしまう。

しかし発熱も涙も、正直であることの前に、なんら力など持たない。

MIKI、あなたが好きです。

山口美紀様

'89・3・14
黒田あゆ子

前略。

桜の花がもうすぐ満開に咲きます。咲いたら、池のまわりを歩いて、桜を見ましょう。

満開の桜の花は、人の気を狂わせると昔から言うけれど、ほんとうはそんなことはちっともなくて、みんなたのしそうに桜の下でお酒を飲んでおにぎりを食べるのです。

先生は、おにぎりはなにが一番好きですか。わたしは三角よりも小判が好きです。小判のおにぎりが四つずつ二列にならんで、卵焼きと赤いウインナーがタコに切って入っているお弁当が好きです。そういうお弁当を、小さいときに作ってもらえなかったから。

お弁当は、わたし、いつもどこかのお料理屋さんのお弁当でした。包み紙も、和紙に睡蓮《すいれん》の花が透けた、今思えば、すてきな包み紙でしたが、小さいときには、そんな包み紙はちっともかわいいと思えなかった。

みんなみたいな、アップリケの刺繍《ししゅう》してあるようなふきんに包んであったらいいのに、と、お弁当の時間はいつもお弁当を隠していました。包み紙もささっと早く丸めて捨ててた。

桜を、きっと見にいきましょうね。池のそばで見ましょうね。

草々

三月二十日　山口美紀

黒田あゆ子様

親愛なるマーシャ、コーイチ、お元気ですか？

バリはあいかわらず暑いことでしょう。日本ではサクラの季節でしたが、それも昨日で終わったようです。サクラはすぐに散ります。

最後のサクラを、昨日、わたしは愛する人と見にゆきました。マーシャとコーイチの家に泊めていただいているときに話した女性です。

「あなたはいつもミス・ミキの話をするのね」

と、マーシャはあのとき笑って言いました。

「彼女を愛していますね？」

とも。

あのときは、自分が彼女のことをこんなにも深く愛しているとは気がつきませんでした。でも、あのころも、いつもいつも彼女のことを考えていたので、それで、わたしはマーシャにも彼女の話ばかりしてしまう結果となったのでしょう。

女であるわたしが女である彼女に対し、愛情ではなく愛を感じていることを、マーシャやコーイチはごく自然に受け止めてくれます。それはわたしにはとてもありがたいことです。

わたしは決して、愛の対象が女性にのみ向く人間ではありません。男性を拒否している人間でもありません。

わたしはめったに人を愛さないのです。たぶん、それは他の人も同じだと思います。たとえ一年中、ベッドにだれかを招き入れている人であっても、その人だって、愛した人など三人にも満たないことでしょう。

人はめったに他人を愛せるものではないのですから。そのめったにおこらないことが自分の身におこったとき、その相手がたまたま女性であったということです。

ごめんなさい。こんなプライベートに過ぎることを聞かされるのは困惑を与えると思います。

あなたがたが日本ではない南の島に住んでいることが、おそらくわたしの警戒心を希薄にする原因となっていると推測しています。今も思い出す熱帯の風と海が、わたしとあなたがたのあいだに存在することで、わたしは愛するミキのことをきわめてシンプルに話すことができるのでしょう。

ミキを愛しているのだとカミング・アウトしてからのちに、はじめて彼女に会うとき、わたしはたいへん緊張しました。けれども、以前のように膿《うみ》のたまったような苦しさはないのです。

ミキと池のそばを歩き、ふたりでボートに乗りました。

ミキは決して、チキンのように軟弱なタイプの女性ではありません。あらゆることをできるかぎり自力でやろうと試みる女性です。しかし、多分にして我流なところがあります。これは、selfishという意味でも、willfulという意味でもなく、もちろん、obstinateという意味でもありません。どの言葉を選択すべきなのか、残念なことにわたしの英語力では判断しかねますが、ミキは自分のやり方に固執《こしつ》しているのではなく、彼女自身も知らないうちにへんてこなやり方をしているところがあるのです。

たとえば、ボートを漕《こ》ぐとき、彼女は結果的にはボートが漕げます。ちゃんと目的とする方向へボートを進ませることができます。けれど、ミキはなぜか一般に漕ぐような漕ぎ方でオールを回転運動させることができません。ふつうとは反対の回転で動かすのです。

そういう漕ぎ方をするミキを、わたしはたまらなく愛《いと》しく感じます。かわいいと感じます。彼女といるとき、わたしは多くの場合にわたしがしているような笑い方をせずにすみます。多くの場合、わたしは「ここで自分が笑ったほうが相手がよろこぶかな?」と考えて笑うのです。ミキといっしょにいるときは、そんなことを考えることが一秒たりともなく、ごく自然に笑うことができます。

ボートの上でわたしたちは何度も笑いました。そして、緊張がとけました。わたしたちのボートが木陰に入ったとき、わたしと彼女はキスをしました。

わたしは、今、恋する者がつねにそうであるように、とても不安です。以前とはまた別種の、焦《こ》がれるという課題を担《にな》ったのです。

キスまでなら、ハイスクールガールの時代にたまにあるところの、同性愛的ではあるが憧《あこが》れと称してもさしつかえない範囲、だとミキが考えているのか、彼女もまた同性を愛することにためらいはないと決断したということなのか、わかりかねるのです。

ミキはわたしの告白を、とまどって受けていると思います。彼女は会社という組織に属する人間ですから、組織に属さない人間と同じ速度と強さでこのような問題に対《たい》峙《じ》することはできないでしょう。

わたしには組織に属する人間の、そうしたのろさが、狡猾《こうかつ》さに感じられるときが、多分にあります。そしてつづいて、ミキを愛するがゆえに、彼女を狡猾だと思いたくはない感情がおこります。すると、つぎには、自分は彼女にイエスと言わせるだけの能力がないのだという感情がおこり、わたしは自分をひどく責めることになるのです。

眠れぬ夜にはミキのことばかり考えます。つらく、せつないです。けれど、最終的にいつも思うことは、愛している人間がこの世にいることの幸福。

わたしの気持ちを聞いてくださってありがとう。マーシャとコーイチの幸せを心から祈ります。

Apr. 10 1989 AYUKO
(原文は英語)

お世話さまです。
すみませんが電話ください。
黒田あゆこ様へ送信一枚
4/26 久米哲也

前略。TEL乞《こ》う。
黒田様へ一枚
4/27 久米

原稿は書留で郵送しました。

久米様へFAX一枚

黒田

すみませんが、電話ください。何時でもいいです。

黒田さまへ一枚

4／28　久米

拝啓。美紀さま。

今日、なんとなくゲームセンターに入りました。「カルマ・アイ」とかいう前世占いというのをしました。占い結果用紙をコピーしました。相手、というのがMIKIで、あなた、というのがわたしです。

【過去世での二人の相性】

過去世での二人は男同士で、学問を通してめぐりあいました。相手はあなたの後輩でしたので、さまざまな相手の悩みを助言や力によって救ったのでした。相手は、あなたのおかげで精神面を充実させて勉強をしました。一人前になった相手は生涯をかけてあなたに恩を返していこうと思いました。あなたと相手との縁は一生を通してつづきました。唯一《ゆいいつ》心を許せる二人だったのです。
【現世での二人の関係は、何か試練のあるとき、変動のあるときがきっかけとなり、互いの距離が縮まるはずです。過去世で恩を受けた相手は、現世では異性として生まれてきているはずです。だからやがて愛情が芽生えてくることでしょう。

なにか変動のあるときが、早く来てほしいと思ってしまいました。オワリ。

MIKI様

K

連絡ができないのでまたFAXします。江本（卓）とのことを本人から聞きました。こういうことを持ち出したくなかったが、江本が自慢気に吹聴《ふいちょう》してたから、そのことで話があった。今もあるんですが……。

黒田さま一枚送信

久米

拝啓。美紀さま。

昨日はどうもありがとう。美紀ちゃんの言っていたとおり、ほんとにおいしいランチでした。ランチのあとに行った骨董屋《こっとうや》さんみたいな喫茶店のにんじんケーキもおいしかった。美紀ちゃんがロールスロイスのことを、ロール・スロイス、と言うのが、いつまでもいつまでも、わたしにはおかしいのだった。

今度はもっとゆっくり食べようね。ランチじゃないと、いいんだけどなー。

じゃ、また
K

TELください。留守番電話になってないのでFAXしました。
黒田さま一枚
久米

原稿をさっきバイク便で送りましたのでよろしくお願いします。

久米哲也さま送信一枚

黒田

悪いんだけど、自宅のほうに連絡をもらえませんか。一応、担当なんだし。

黒田様、一枚

久米

ゲラはすでに戻しました。それから電話したけどいなかったから切りました。それではまた。

久米さん一枚

黒田

直接、話そうと思いましたが、避けているようなのでＦＡＸします。『噂《うわさ》の深窓』のことです。ああいうことを書かれたら怒るべきだとぼくは思う。
江本がどんなにその写真を評価されていようとも、自分がかかわった女のことをパブリックな場でバラすような男は、ぼくは許せない。

黒田さま一枚

久米

『噂の深窓』を読まなければいいではないですか。わたし、読まないもん。江本さんがなにを書いたのか（しゃべったのか）知りませんが、なんで江本さんのことをわたしに怒るのよ。怒りは江本さんにどうぞ。

それから、べつにわたしは久米くんを避けてませんけど。避けるなんてめっそうもない。毎日、久米くんには素足を向けて寝られないと思って足袋《たび》をはいて寝てます。なに怒ってんの？　人々はもっと愛し合わないといけないよ。キヨシローのように愛し合ってるかい、イェーイと三回まわって唱えてみましょう。きっと幸運がおとずれます。

久米さま哲也さまさまへ一枚

黒田

黒田さん、

ぼくが言う立場ではないかもしれないけれど、愛ということばをそんなに軽々しく使うもんじゃない。『噂の深窓』には、黒田あゆ子という名前が出ていたわけではない。しかし、知っている者が読めば、江本卓の、あのページはきみのことだとあきらかにわかる。コピーして送信する。

黒田さん一枚　　久米

ご親切に。なんとご親切に。あんなもん、わざわざコピーしてファックスしてくれて、どうもありがとう。ありがたいったらありがたい。お忙しいのにたいへんでしたでしょうこと！

で、なに？　つまりあの記事で怒ってたわけ？　でも、あれじゃ、だれのことかなんてわかんないよ。

江本さんはかなりきわどいことをしゃべる人だけれど、きわどいわりにルールはぜったいに守る。それはわたしも同じこと。江本さんとわたしに限らない。会社組織に属さない自由業者は、そこのところは厳守してますよ。久米くんは会社員だから、江本さんの語彙《ごい》のそのきわどさに目を奪われるんだろうな、きっと。でもへーキじゃない、あんなの。もう一回、精読してみたら？　だれのことかなんてわかんないよ。

久米さま

黒田

二段目、終わりから九行目から以降、三段目、十二行目まででわかる。

久米

これでわかるのは久米くんだけでしょう?
千代子ちゃんにはわからないと思うよ。気にしなければどうでしょうか。
しかし江本さんもまた古めかしい表現を使うよね。情をかよわせる、だって。これ何時代の言い方かしらね。

黒田

黒田さん、
それでは仕事の関係から離れて言うけれど、ぼくが気にするとかしないとかの問題じゃないでしょう?

怒るだろうことを覚悟で言う。

きみは江本のような男とやるのか。だれとでもやるのか。

久米

久米くん、そんなら言い返すと、あなたがやらないからでしょう、ってことになるよ。

そうでしょう？　あなたとわたしとはやってないんだから。そうなんでしたよね。プラトニックな関係、だったっけ？　たしかその表現を用いましたよね、あなたは。あなたの線引きが、わたしにはわからない。柊修一の小説に『日没の……』というのがあったけど、おぼえてる？

主人公の女子大生は結婚するまで処女を守ろうとしていて、妻子ある中年の男とつきあっていて、処女を守らないといけないので太股《ふともも》にオリーブオイルを塗って交渉をつづける話。著者インタビューで、

「多くの女の人のなかにある、なにかかんちがいしているような感覚を描きたかった。〝姦淫《かんいん》を願ったならそれは姦淫を犯したのである〟って聖書に有名なくだりがあるでしょう。たとえば人妻が夫ではない男とただ見つめあっただけでも、そこに何らかの強い関係性があればそれはまぎれもない不倫なんですよ。本質を見ればね。泉鏡花の『外科室』にもこの、見つめあっただけの狂おしい恋がみごとに描かれていました。

しかし現実には女の人というのは実に上手にかんちがいをする。罪悪感をみごとに回避する。ただ、ぼくはクリスチャンではないので、罪悪感を負っても、それはそれでいいではないか、生きていることの深い味わいというのはやっかいなこともすべて引き受けることではないかと」

と言ってるのを読んだのは、そう遠い昔ではなかったはずだけれど、十年一昔と言われたのは過去のこと、もはや五年一昔となってしまって、時代がどんどん変わったのか、「今では男が『日没の……』の女子大生なのね」って久米くんのこと、思った。

でも、それがあなたの融通のきかない幼さだとしたら、それもまたわたしは愛するの。女が年をとってもたいしていいことなんてないけど、う——ん、もしかしたらなにもないような気がするけど、そうした幼さもまた愛せるようになったことはたのしいことです。それをあなたの年齢の人に理解しろとは言わないわ。

あなたの質問に答えます。答えは「だれとでもしない」です。

むしろ、平均的な女性よりも選択の幅が狭いと思う。すごく狭いんじゃないかな。わたしが好きなのはいつもひとりだけ。愛しているのは、愛するにいたる経緯のあるごくわずかの人間ですから。

あるときAさんという人から江本さんの話を聞いたのね（このAさんから江本さんを紹介されたんだけど）。

Aさんと江本さんと、ほかに三人くらい、男ばかりでAさんの家でだべっていた。

そして六本木に遊びに行こうということになり、男ばかりでつまらないからだれか女のコを呼ぼうということになった。そこで江本さんが学生時代の友人かなんかの女性に電話をした。電話口で江本さんは彼女にこう言ったのだそう。

「おい、一発ヤラせてほしいから、これから出てきて」

と。Aさんはじめほかの三人は、それを聞いてあわてて電話を江本さんから奪い、

「みんなで酒でも飲んでカラオケにでも行こうという話になったんですよ」と、場の雰囲気を彼女に説明しなおした。Aさんは、

「まったく江本ってやつは爆弾発言をするんだから」

って言ってたけど、わたしはAさんからこの逸話《いつわ》を聞いたとき、ちっとも江本さんの言ったことが爆弾発言だなんて思わなかったし、

「冗談がすごくキツいやつでさ」

ってAさんが言うのにも同意できなかった。

爆弾発言でも冗談でもなくて、江本さんという人は、ものごとの本質がすみやかに見える人なんだろうと思った。たぶん会社員じゃないからだよね。会社というところは、できるだけ本質に触れないようにして人間関係の軋轢《あつれき》を避ける場所だから、そこに属する人はいつのまにか本質を見ないよう訓練されて、見ないことがスマートだと思うようになるのでしょうね。

江本さんのことを気にするより前に、あなたとわたしがすでに千代子さんに対して

共犯者になっていることを自覚して、その上で且《か》つ彼女をいたわるべきだと、わたしは思う。愛し合ってるかい、イェーイ、って唱えた？

久米くんへ十枚送信　黒田

PART II

雨がつづきますものの、晴れ間には夏をかんじる今日このごろ。

先日はCDを送ってくださってたいへんありがとうございました。久しぶりに「レコード鑑賞」というものをしました(CDだから、音楽鑑賞、と言ったほうがいいのでしょうか?)。

『ヒステリー』というグループ名から、聞く前はハード・ロックかと思っていたのですが、こういうのはなんというジャンルなのかしら? 中近東の民族音楽ふうなメロディなんですね。

結婚してからもエレクトーンはよく弾いているのですが、流行の最先端をゆく音楽にはとんと疎《うと》くなってしまった主婦です。

このあいだ美容院へ行ったのですが、やってもらった美容師さんが『いか天』に出そうな若い男の子だったので、

「ヒステリーってグループ、知ってる?」

と、訊《き》いたら、

「お客さん、通ですねえ」

と、すごく感心してくれて、機嫌がよさそうでした（それからサービスもアップしたみたいな気がする）。アメリカでマニアックに支持されている人気グループなんですってね。四人ともウィーン出身だと美容師さんから教えてもらいました。

アルバムのタイトルにもなっている「ヒステリーによるヒステリックな正午」という曲が、わたしは一番好きです。イ短調がせつないかんじがして、そのわりに8拍子なのが危なっかしいかんじで。

歌詞もすごくよくて、ブックレットの最後に〈訳詞／遠藤優子〉とあるのを見るとドキドキしました。

この部屋はからっぽ
ふたりでいてもからっぽ
うんとこさ油を使って
フライを揚げることにした
からっぽのフライ
真昼の決闘
からっぽのフライ
むしゃむしゃ食べる真昼の決闘

はたしてどちらがたくさん
からっぽを
食べるでしょうか、真昼の決闘
歌詞を訳すのってどんな気分なんでしょうか。これからもますますご活躍なさいますよう、応援しています。また、せっかく日本に帰ってきたのだから、ぜひ遊びに来てください。配偶者のことは気になさらずにね。
ほんとにこの歌詞みたいに、うちってからっぽなんですよ。

敬具

平成二年六月二十日　保坂悦子

遠藤優子様

拝復。

『ヒステリー』を気に入ってくれてうれしいです。どこの美容師さんか知らないけど、今度、行かれたらよろしくお伝えください。

その美容師さんの言ったとおり、ウィーン出身の四人は、もともとはオーストリア国立オーケストラにいた人なんです。それからアメリカに移住したというグループ。向こうにいるとき、すごくファンになって、今回の仕事はほんとうにうれしかった。

でも、エツコさん、「うちもいつもからっぽなんです」なんて言わないでちょうだいよ。おことばに甘えてそのうち遊びによせてもらいます。ご主人にもよろしくね。

敬具

平成二年六月二十六日　遠藤優子

保坂悦子様

久米くんへ一枚送信

留守電聞いたけど、気にしすぎだってば。気にしすぎ。久米くんは気にしすぎ病です。しかし、留守電に向かってよくあんなふうに、会ってるときと同じようにぺらぺらとしゃべれるね。

黒田

黒田様、一枚送信

ならば、あなたは気にしなさすぎ病である。男女不問とはあなたのためにある語である。それで原稿を遅らすな。

久米

夕飯は台所のテーブルの上です。唐揚げはレンジで温めてください。温めるときにレモンはどけて温めてください。明日はなにが食べたいか書いておいてください。食べたいもの以外のことも、もしよかったら、なにか書いておいてください。お願いします。洗濯のこととか……。洗濯なんかわたしがするので、書いておいてくれればいいです。

昌志様

12：30AM　悦子

（机上のメモより）

食事はサンドイッチがいいです。明日は早く帰ってくるのでずーっとあのつづきをする予定です。洗濯はべつにありません。洗濯なんか洗濯機がするんだし、自分のぶんをやるのはなんでもありません。そんなに気にせず、自由時間は有効に、エレクトーンとかCDとかに使ってください。

悦子様

2：13AM　昌志

（机上のメモより）

久米くんへ一枚
男女不問だけど、人間は問うもん。だって私はすごくキャパシティが狭いから。広いと思ってんの？
角川書店の社員のくせにマガジンハウスの雑誌みたいなイメージ先行で私に文句を言うのはやめてくれ。集英社の雑誌のように実益重視してね。

黒田

黒田様、一枚
想像でものを言ってるんじゃない。想像と推測はちがう。想像は根拠がないが、推測は根拠がある。あの写真はどうかしてると思う。

久米

前略。
こないだは遊びに来てくれて、ほんとにほんとにありがとう。

来てみてわかったでしょうけど、まるで、わたしとユーコしか部屋にいないみたいだったでしょ？

ああして、昌志さんという人は、自分の部屋で物音もたてずにプラモデルを作っているわけです。プラモデルじゃないんでしたね。ユーコ、教えてくれたよね、なんだったっけ？　フィギーだっけ？　フィミアだっけ？

ウルトラマンとかなんとか星人とかガンダム何号とか、結婚した当初はわたしもよく訊《き》いたものだけど、興味がないからぜんぜん覚えられなくて……。昔の漫画のこと、ものすごくくわしいの。

ぜいたくよ、って姉からも言われるんです。わたしが昌志さんのことでちょっとグチを言ったりするとね……。たしかにそうなんですよね。姉も、それに母もそう言う。大学病院勤務の歯医者さんで、見た目もこざっぱりしていて、酒はビール一本多くて二本、たばこは吸わない、ギャンブルはいっさいしない、浮気なんか想像もつかない。

そのうえ、お義母《かあ》さんもお義父《とう》さんの干渉もない……っていうか、昌志さんの実家ってなんとなくわたしにはふしぎな家です。

お義父さんていうのが、昌志さんにとっては二番目のお父さんで、わりと大きな料亭をやってて、お義母さんは女将《おかみ》さんなわけなんですね。

でも、お父さんが二番目のお父さんだからって、べつに家庭内が不和だったわけでもなかったらしく、問題はないのですが、なんだか問題がなさすぎるというか、お義母さんもお義父さんもそれぞれに浮気をしているそうです(今はどうなのか知りませんが)。双方ともに浮気をしていながら不和ではなかったと淡々と彼は言うのです。昌志さんはそういったことについてほとんど無関心で、他人事《ひとごと》みたいに思って大人になったようにわたしには思える。

なにもかもにあっさりしてる人です。わたしがしつこく訊くから夕飯に食べたいものを言ってくれるけど、なにを作っても彼にとってはどうでもいいことのような気がする。

知り合ったばかりのころ、ひとりっこだって聞いて、さぞかし甘えん坊なんじゃないか、もしかしたらマザコンなんじゃないか、って、ちょっと疑ってたんだけど、忙しい料亭でひとりっこで、高校・大学は寄宿舎と寮で、付属病院歯科医になってからはアパートでひとり暮らしだったせいか、なんでもかんでも自分でするのです。掃除も洗濯も料理も(料理といってもさして手のこんだことをするわけではないのですが)みんなさっさと自分でするのです。

つまり、ルックスもよくて、飲む打つ買うはまったくナシで、お姑《しゅうとめ》さんお舅《しゅうと》さんの問題もなく、家事もできるわけです。すごくいいと思うでしょう?

なにが不満なの、って姉も母も言います。

でもね、なんだかちがうんですよ。たとえば、わたしが美容院に行ってるときに予定外に早く帰っているときがあって、そのときは自分でごはん作って食べて部屋でプラモデルを作ってるの。自分のぶんだけ作って食べてるわけです。おなかがすいたから食べた、って言うの。もしわたしが買い物で刺し身なんか買ってたら日持ちしないから、わたしのぶんは作らなかったって言うの。洗濯も日曜の朝なんかにさっさと自分のものを洗ってしまって「あ、洗濯機、空《あ》いたよ」って言うの。

昌志さんがなにか悪いことをしているとはちっとも思わない。それどころか、刺し身みたいなものが無駄になってはいけないって考えたのもよくわかるの。

でも、なんだかなんだか、なんだかうまく言えないんだけど、

「ちょっとちがう。それはちがうよ」

って思われてならないんです。

休日にはエレクトーンを、わたしはヘッドホーンで弾いてて、昌志さんは部屋でプラモデルを作ってて、わたしがひとりでうちにいるとき以上にしーんとしてるの。

例のことも、恥を忍んでユーコに打ち明けたけど、打ち明けたとおり、結婚してから二年でヒトケタ前半というのは……わたしはそんなに異常な体質の女であるつもりはないんですけど、やっぱりなんかへんなような気がしてならないのです。

やさしいし、家事もできるし、ギャンブルもしないし、浮気もしないし、仕事も安定してるし、嫁姑問題もないし、ほんとになんにも問題がないんですけど、問題がなにもないのが問題なような気がしてなりません。

ユーコの訳詞した『ヒステリー』の歌は、ほんとに今のわたしの気持ちにぴったりでした。また遊びに来てね。ぜったい来てね。ほんとに来てね。ほんとにほんとに来てね。

かしこ

平成二年七月七日　保坂悦子

遠藤優子様

このあいだはすっかりごちそうになりました。どうもありがとう。

あまり考えこまずに、もっと自分の欲望に忠実になって昌志さんにストレートに言ってみたらどうでしょうか？　妻なんだし、ちっとも恥ずかしいことでもはしたないことでもないと思うよ。

自分の欲望は示さないといけないよ。実は、私がアメリカで学んだ一番のことは、これでした。

今となっては昔に私はバカなことをしでかしました。ほんとにバカだったわ。あんなバカなことをするほど自分の欲望を抑圧していたかと思うと、まったくもって実にバカで大バカだったと、つくづく学んだということになりましょうか。

他人の権利までふみにじる必要はまったくないけれど、明日にでも大地震が来て死ぬかもしれないのに、死ぬときに、しなかったことを後悔するのはものすごくつまらないと思いませんか？

保坂悦子様

七月十日　遠藤優子

久米くんへ一枚

うるさい！

黒田

黒田様々へ一枚

うるさいのはそっちだ！

久米

前略。

先日はありがとうございました。久しぶりに深酒をしてしまいました。おかげで翌日は夕方近くまで、サンタンたるものでした。でも、たのしかった……ような気がします。ほとんど記憶がありませんが……。アア、情けないこと。都築さんはだいじょうぶでしたか？　お身体《からだ》をたいせつに。取り急ぎ御礼まで。

平成二年七月八日　オフィス・サキ　雨宮統子

都築宏様

ハガキ、ありがとう。

このあいだは遅くまでつきあわさせて悪かったです。ぼくも飲み過ぎてしまいました。

どれくらいまでおぼえているのかな。なんにもおぼえてないところまで飲みました？

踊ってるとき、雨宮さん、すごくかわいらしかった。あの日のあのことは、ぼくの本心からの行為です。

今度は気分が悪くならないように、もっとゆっくり飲みましょう。

ではまた

雨宮統子様

7/9 都築宏

黒田様、一枚送信してやる
いいかげんにしろ!

久米

久米くん、さっきのFAX、そっくりそのまま、あなたにお返しします。書く手間が省けて、ああよかった!

黒田

前略。
都築さん、お元気ですか?
今日、会ったのに、帰ってきてまた手紙を書いているのは、ヘンですね。ヘンです。
そうです。ヘンですね。ヘンかもしれません。
でも、はじめて都築さんに会ったときの印象は「ヘンな人」だったのです。

怒らないでください。だって「ヘンな人」だと思ったのです。チーフのところへあのポスターを持ってきて、七味《しちみ》唐芥子《とうがらし》の瓶を忘れて帰ったでしょう？　七味唐芥子の瓶にセブン－イレブンのシールが貼《は》ってあるのを見て、なんでこれだけ一個を買ったのかなあ、って。ヘンな人だなあ、ってなぜか思ったのです。

それから、唐芥子を取りに戻ってきて、わたしに「麦茶はありませんか」って訊いたの、あれ、ほんとにヘンだったのです。

もちろん、事情はわかるのです。今日も都築さんは、そのときの事情をよりいっそう詳しく話してくれたし、よくわかるのです。

でも、なんだか、すごくヘンだったの。はじめて事務所のドアから入ってらしたとき、わたしがとりついで、そのとき、わたし、都築さんがぎゅっと七味唐芥子を一個だけにぎりしめてるのが、ものすごく印象的だったのです。

唐芥子を取りに戻ってきた人と、初対面のそんなヘンな人と、なんで踊りにいくことになったのか、今もってふしぎです。

銀座《ぎんざ》にあんなアメリカン・グラフティな店があるとは知りませんでした。すごく酔っぱらってるところにああいう時代の音楽を聞くと、そんな時代に生きていたわけでも、ましてやアメリカに住んでいたわけでもないのに、自分がポーラのような夢みる年ごろの、むかしの女の子になったような気分に、ふと、なってしまったのかもしれません。

でもね、いくら酔ってても、ああいうことは、できる人とできない人がいます。きっと、七味唐芥子をにぎりしめた人がドアを開けたときから、あの日のラストシーンは決まっていたような気がします。

急な連絡があるときもあるので、わたしは自室にファックスを入れてもらっています(03−91−23−4567)。もし、うどんを食べたくなったりとかしたら、ファックスで教えてやってください。仕事がら不規則なので、部屋にいる時間がまちまちなのです。

かしこ

平成二年七月十二日　雨宮統子

都築宏様

前略。

あっちゃん、このあいだは胡蝶《こちょう》ランを送ってくれてありがとう。

子供がいるということで、みんなはおもちゃやタオルなんかをプレゼントしてくれるのですが、それももちろんうれしいのですが、育児に追われて花を飾るどころではなかったものですから、たいへんうれしかったです。

子供がいると、前のように長電話もできなくて、いつも電話をもらいながら、あわただしく切ってしまってゴメンネ。今日はおとなしく寝ているようなので、こうして手紙などしたためてみようと……。

でも、あっちゃんがまだ結婚しないのは親族一同、とくにイトコのあいだではほんとに予想外のできごとです。一番、早くにしそうだったのにネ。

あっちゃんの独身貴族ぶりを、ちょっぴりうらやましく思います。パパがあんなこと言ってたけど、気にしないでね。

あっちゃんとは同い年なこともあってイトコのなかでもとりわけ仲よかったから、パパはあっちゃんのことも自分の娘のように思ってるらしいんです。許してやってください。

今度、ゆっくりどっかへ遊びに行きませんか？　映画とかショッピングとか。京都もステキだけど、東京もステキなお店がたくさんあるし。

パパが子守をしたがっているようだから、たまには預けてあげないとね。いわば親孝行ですヨ。ぜひ、どっかへ行きましょう。プランをたてておいてください。

それでは
１９９０・７・９　都築真美
福井敦子《あつこ》様

手紙をありがとう。

電話だと寝ている淳《じゅん》クンを起こしてしまうかもしれないので、わたしも手紙を書きます。

こないだ会ったとき、ちらっとマーちゃんが言った話なんだけど……。浩三叔父さまが部屋に来たから話すのやめちゃって、それっきりになってしまって、わたしもうまく言えませんが、結論から先に言うと「思いすごし」じゃないですか？子供にかかりっきりになってるような引け目がマーちゃんにあって、その気持ちがそんなふうな疑いになるのでは？

あまり気にしないほうがいいと思います。宏さんを問い詰めたりしないほうがいいような気がするけど……。でも、わたしは結婚したことがないから、ほんとはわたしなんかでは的確なアドバイスはできないんだけど……。

元気を出して、がんばってね。またなにかあったら電話でも手紙でもください。

かしこ

平成二年七月十日　福井敦子

都築真美様

統子さま。今日はすみませんでした。せっかく時間をあけてもらいながら、ドタキャンになってしまい、もうしわけない。

それで急なんですけど、明日はどうですか？　明日なら六時でだいじょうぶだと思います。六時に渋谷《しぶや》のプライムのOLD／NEWで。

統子さまへ送信一枚

10：30PM　都築

企画第三部・都築宏様へ
この紙含め一枚送信します
送信元／オフィス・サキ
1990・7・20　2：00PM

昨日、お知らせくださいました件、了承いたしました。送信用紙のとおりに準備いたします。

雨宮

今日はありがとう。

なんだか、ひさしぶりに心からくつろいだ感じがします。

部屋のことを狭いと統子サマは文句ばかり言ってましたが、ぼくにはいい部屋に見えました。ワンルームにきみのすべてがつまっているようなかんじがして、かわいらしく思った。

出窓のところにオルゴールが飾ってあったのが今、こうして書いていても目に浮かびます。会ってるとき、オルゴールを聞いてみようと提案したくなったけど、黙ってました。なんでかな。聞かずにあそこに飾ってあるので、それでいいような、そんな気がした。

あのオルゴールはなんの曲ですか？

前に七味唐芥子を買ったところとはべつのセブン-イレブンからファックスします。立って書いたので字が汚くてごめんなさい。

ではまた
統子サマへ送信　9：30PM　T

あっちゃん、昨日は夜中にあんな電話なんかしてすみませんでした。パパにも叱《しか》られちゃった（パパの部屋からかけてたから）。

よっぽどパパに打ち明けようかと思ったけれど、心配させるといけないからやめました。パパと宏さんの間を気まずくさせたくないのです。

わたしは男の人のプライドがよく理解できないのかもしれません。宏さんは下に弟さんがいるし、上にはお兄さんがいるし、わたしなんかすっごく単純に、うちのほうが広いからいっしょに住んでってて考えたのね。籍はわたしが都築を名乗るんだし、って。

たしかにあっちゃんの言うとおり、わたしはファーザー・コンプレックスなところがあるのかもしれません。でも、あの日、わたしが取り乱していたのは、パパと宏さんとの関係というより、もっとべつなことです。

わたしの不安は、自分でも自分にうまく説明ができません。淳の寝顔を見てると安心するので、あっちゃんの言うとおり、わたしのたんなる思いすごしかもね。

またね。

福井敦子様

1990・7・21　都築真美

久米くんへ一枚

あらゆる罵詈《ばり》雑言《ぞうごん》の類《たぐい》。

書くのは省くから想像せよ！

黒田

黒田様へ一枚

書類を郵送する。

さっさと判を押しとけ／

久米

マーちゃん、すこしは元気になりましたか？

だれだってイヤなときはあるし、ユウウツなときもあります。わたしだってマーちゃんにはグチを聞いてもらって、それでスッキリしたことが今までに何回あったかしれません。

こないだおもしろい本を読みました。『熱帯の島のひとごろし』という小説です。たんなる男女の恋愛だけでなく、友情や、同性愛や、親子が主人公になっている本でした。黒田あゆ子という人の書いたやつです。ついこないだ買ったファッション雑誌に「電撃喧嘩《けんか》結婚！」とか書かれていた人だと思うけど（記憶アイマイ）。よかったら読んでみてください。

草々

八月二十三日　福井敦子

都築真美様

前略。

エツコたちがそう決めたのなら、私が今、結果について言うことはなにもないです。

こう言っては気分を害するかもしれませんが、あまりたいしたことではないと思う。結婚したけどうまくいかなかったので離婚した、それだけのことではないですか？だれが悪いとかいう問題ではないと思います。

前にも言ったような気がするけど、人生は一度きり、だと私はつくづく思うんですね。だって、人間って死ぬために生まれてきたようなもんじゃないですか。

人間のゴールは（最後は）、だれでも例外なく死ぬことです。としたら、なんのために生きるのか、ということになりますが、なんのためにかなんて答えはなくて、どう生きるかが生きているということだと思うのです。

一時的な、発作的なものでしたが、私は以前、自殺しようとしました。なんのために生きているのかわからなくなって。なんのために語学の勉強をしているのかわからなくなって。

なんのために、なんて答えはないのだと、あれから思った。生きていることがたのしいんだと。そして生きているなかで、人間がなにをもって一番、たのしいと感じるかというと他人とのかかわりだと思うんですね。

たとえば、スタイルがよくなってきれいな洋服を着こなしたい、と願う女の人ってすごく多いけど、願いがかなってスタイルがよくなってきれいな洋服を着こなせても、だれも見てくれる人がいなかったら、なんにもならないわけです。スタイルがよくなってきれいになることが願いなのではなくて、きれいになって、だれかに愛されたい褒《ほ》められたいみたいなことがかなうことが願いなわけでしょう、ほんとうは。つまり、他人とのかかわりが問題なわけです。

他人とのかかわりは、でも、すごく難しいことです。身体《からだ》の健康の悩み（病気以外にも、会社がつぶれて金がなくて食べるものに困ったり、災害で住居を失うことなども健康を著しく害するものだから、健康の悩みと解釈します）以外で、世の中の人が「もんもん」とすることといえば、すべて他人とのかかわりではないでしょうか？

仕事の悩み、といったって、つきつめれば上司との人間関係だったりするし、家庭の悩みといったって、人間関係です。親子といえどもべつの人間なのですから。

それくらい難しくてやっかいなことだけれど、そうして他人とかかわることこそが生きているということだと、私は思うんですね。

以前の私は、できるだけ他人とのかかわりにおいてトラブルが生じないように生じないようにしようとしてきました。

「この男だったら、あとあとメンドウなことがおこらないから」とか「この人とはあまり話さないようにしよう。好きになったらメンドウだから」とか、さして好きでもない男とつきあい、すごく好きになりそうな人には接近しすぎないようにしていた。

そのあげくが、以前のバカなできごとです。そんなことしてたもんだから、自分の本当の願いなんか、なんにもなんにも育たなかった。たしかにトラブルは生じなかったけど、味気なさに自殺を考えるしかなくなってしまったんです。

他人は自分とはちがう人間なのですから、自分がその人とこういうふうになりたい、こうしたい、と思ったところで、その人は自分とは同じように思わないかもしれない。思わないだろう、と思って、さいしょからトライをやめてしまえば、そりゃ、トラブルは生じません。でも、トラブルが生じないことって、そんなこと、なにかすてきなことでしょうか？

トラブルが生じたら生じたで、またそのときに、あらたに対処すればいいだけのことではないですか。

トラブルが生じたときが怖いと思うのは、人間だったら当然です。だってかっこわるいものね、トラブル中の自分って。

でも、それってたんなる「ええかっこしい」の味気なさなんですよ。さびしい、小心な、ちんまりとした人生……なんて、私くらいの人生経験の者がこんなこと言っては生意気になりますけど。

ご縁あってタイミングもあって結婚した。だけど、うまくいかなかった。理由は当事者どうしがよく感じている。それはトラブルです。トラブルが起こったらそれに対処すればいいわけで、その対処がエツコたちは離婚だっただけのことです。あらたに事態が進んだではないですか。進んだなら、またさらに進んでいくと思います。だから、たいしたことではないと言うのです。

生死にかかわったり健康を著しく害したりしないかぎりは、みんなたいしたことではない。トラブルもまた生きてるってことで、トラブルがはっきりしたほうが対処法もはっきりするから、トラブルの次に来るハッピーも、来る速度がはやくなるというものです。

かっこいい人間なんか……、私、思うんだけど、この世にいないよ。みんなかっこわるいよ。みんな、かっこわるくてメソメソしていじいじしてるよ。どんな美人も下痢《げり》するときだってあるし、どんなハードボイルドな男もコンドームつけるときにはもそもそしなくちゃいけないよ。

でも、そんなだから人はひとりでは生きていられないんだと思うけどな。そんなだから、いとしいんじゃないのかなあ。その人が、ってことじゃなくて、生きてるってことが。

かっこよければ、南極か北極の一軒家でひとりでかっこよく、トイレにも行かず、性欲もおこさず、いつも冷静にかっこよく暮らしていられるんだからさ。

草々

平成二年十二月一日　遠藤優子

八木悦子様

前略。

できるだけ率直に書くつもりです。そのために怒らせるような部分があったとしても、ごめんなさい。

都築さん、わたしは都築さんが好きでした。はじめて会ったときから好きだったと、前にそう言ったように。

都築さんに妻子がいても、その感情は消すことができませんでした。だからすべてを許したのです。

都築さんもわたしのことを好きでいてくれて、うれしかったのです。なんとなく都築さんの家庭がうまくいってない感じが伝わってくると、正直に言いますが、それもうれしかった。

でも、なぜ、今回のような結論になるのか、わたしにはそれだけがわからないのです。

なぜ、わたしたちは別れなければならないのでしょうか？

わたしは一度だって、都築さんに離婚をせまったことなんかないし、離婚しなくっても、わたしは日陰の身でも、それでも都築さんに会えたらそれでうれしいのです。

なぜなのか、よくわからない。奥さんにばれたからですか？　ばれたから別れるというなら、なんで、わたしとこんなふうになったの？　ばれるかもしれない危険はさいしょから予想がついたことなのに。

ばれたらばれないように、また会えばいいじゃないですか? それがなんでいけないの?

おしえてください、都築さん。昨日のような言い方ではよくわかりません。

都築宏様

統子

前略。

傷つけてしまうことになるかもしれないけれど、ならば率直に答えようと思います。

妻にばれたからではありません。もしかしたら彼女は少し勘づいているかもしれないけれど、決定的なことはなにもありません。

ただ、あなたとはもう会わないほうがいいと思ったのです。あなたとのつきあいが、いつわりのようなかんじがするから。

このような言い方は、ほんとうにあなたを傷つけることになると思いますが……。

家庭のことはくわしく話しません。結論だけ言うと、うまくいってなかった。うまくいっていないことからくる心の空洞のようなものを、ぼくはなにかで埋めたかった。

あなたと会って、たまたまあの店に行って、帰り道、ほんとうにかわいいと思った。

それは決して嘘《うそ》ではありません。

嘘ではないけれど、なにかで埋めたかったという気持ちが大きく働いていたことも事実です。そうなると長くつづけることはできないのです。スタートがまちがっていたように思うのです。まちがっていなかったのかもしれないけど、長くつづけられるスタートではなかったといえばいいでしょうか。

短いあいだだったけど、とてもたのしかった。ありがとう。

草々

雨宮統子様

T

マーちゃん、お元気ですか？

電話ではなんとなくわからないところもありましたが……。

こう言ってはマーちゃんを怒らせてしまうかもしれませんが、マーちゃんと浩三叔父さまとのことは、宏さんにはなかなか理解しにくいことだと思います。

まったくちがう家庭でそだったのだし、家族関係もちがうのだし。

マーちゃんは子供のころにママを亡《な》くしているし、今の幸恵叔母さまとうまくいっていたとしても、きっと浩三叔父さまとの結びつきにはとくべつなものがあるんだと思うんですね。それは宏さんにもわかることだと思うんです。

でも、頭でわかるということと、肌身でわかるということとは、まったく別のことだと思うのです。

マーちゃんがいくら話してもわかってもらえないと言ったって、宏さんには酷《こく》だと思う。宏さんだって理解しようとはしていると思うのです。

それなのに、マーちゃんがあまりにパパ一辺倒だと、宏さんとしては匙《さじ》を投げてしまいたい気分になるのはしかたがないのでは？

浩三叔父さまをまじえず、もうちょっとふたりだけで話をしたりする時間を持ってみてはどうでしょうか？

こんなことくらいしか言ってあげられなくて、ごめんなさいだけど……。

草々

平成三年一月二十日　福井敦子

都築真美様

あっちゃん、お手紙どうもありがとう。

あっちゃんのアドバイスは身にこたえました。あっちゃんの言うとおりだと思います。

なにより自分でもよくわかっていることなんです。

でも「頭でわかっているというのと、肌身でわかっているのとはちがう」とあっちゃんが言ったとおりに、わたしも、宏さんの態度を、頭でわかっていても肌身でわかっているのとはちがってとらえてしまうのです。

二人だけの新婚生活というものがないままに子供ができてしまったし、そういうこともあるのかもしれません。

淳のことはかわいがってくれます。わたしも淳がかわいいし、それでパパも淳をかわいがっていて、わたしとパパは仲がよくて、同居してるからローンにも追い立てられないぶん、経済的に余裕もできて……って、それでいいじゃないの、って思ってしまうの。

宏さんとなんど話をしても、なぜ宏さんが今の状態がいやなのか、どうしても肌身ではわからないのです、わたしには。

パパが宏さんを嫌っているわけではないし、宏さんだってパパを嫌っているわけではないでしょう。それなのに、なにが問題なのかと思うのです。

わたしには宏さんの言い分はぜいたくな気がしてならないの。パパはわたしが出戻ってもいいとまで言ってくれます。こんなに毎日、いらいらしているくらいなら、いっそそのほうが、と思うこともあるくらい……。また電話しますね。

一月三十日　都築真美

福井敦子様

遠藤さん、お元気ですか。このあいだはありがとうございました。花が楽屋に届くなんてことははじめてだったのでうれしいでした。

来月はサイタマ県与野《よの》市の「しのみやスーパー」の屋上でやります。屋上での催しは昼間なのでちょっとやりづらいのです。今、昼間用の練習をしています。

ぼくは演芸場専門の手品師のようにだれか師匠の弟子になって、というコースで手品師になったわけではないので、師匠の家に住まわせてもらうわけにいかないので、ふだんはバイトをして練習をしています。道路工事をしています。

手品師というとひ弱なイメージがあるかもしれませんが、道路工事もけっこう自分には向いているような気がして、バイトをするならもっぱらこれがぼくは好きです。

遠藤さんも身体に気をつけてお仕事をがんばってください。亀和田《かめわだ》くんに会ったらよろしく言っておいてください。

花のお礼に、トランプをお返しします。ふつうのトランプです。タネもしかけもありません。キモチ悪い絵が気に入っていてずいぶん長いこと使ってました。もう二つ持ってるから一つを送ります。

さようなら

1991・8・3　関口　章《あきら》

遠藤優子様

前略。

お手紙とトランプをありがとう。たしかに気持ち悪い絵です。見てると飽きません。今日は亀和田くんに会いました。関口くんの高校時代の話を聞きました。レスリング部だったというのがものすごくおかしかった。だって、あまりに「人は見かけによる」だったので……。

さいしょ、亀和田くんに誘われてブディスト・ホールに行ったとき、関口くんが、まさか手品師とは思いませんでした。そのうえ、トランプ中心の、なんていうか大仕掛けではない演目(?)だったのですごく意外でした。

高校時代にレスリングをやっていて卒業したら道路工事のバイトをしながら手品師をしているというのは、それでも関口くんという人のなかではみんなマッチしているかんじがします。また手品を見に行きます。

草々

1991・8・10

遠藤優子

関口章様

遠藤さん、お元気ですか。

昨日はありがとう。

ぼくは高校のとき、ほんとうはボクシングをやろうとしたのですが、高校にボクシング部がなかったのでレスリングにしたのです。

手品は子供のときから得意だったので、高校を卒業したとき、道路工事をしていて手品師になるのだと思って、どうしたら手品師になれるのかわからなかったけど、手品を見せるホールに行ったらなれるかと思って行って、ホールの人がなれると言ったのでなりました。

今年、名刺を作って、成人しているから手品師と書いてもいいと思ったので、これで名実ともに手品師になれたのでうれしい。

今後は修業を積んで、大きなホールで手品をしたいです。レスリングや道路工事より、やっぱりぼくは手品がいちばん得意だと思います。

12歳のとき、ぼくは今の両親の子になりました。施設にいたのを引き取ってくれました。飛行機の事故で実の姉と両親が死んだのだそうですが、全然記憶がないので、かなしいということがよくわからなくて、今の両親にはよくしてもらったと思います。とにかくごはんを食べると褒められるので、なんでも好き嫌いなく食べました。高校までは背は高かったけどやせていてひ弱だと思ったのでレスリング部に入ったのです。そしたらすごくレスリング部らしい外見になりました。

それで、ぼくはなんでも「型」というのは大事なのだと思いました。「型」というか「うわべ」というかは大事です。中身なんか嘘でも「うわべ」を整わせておけばみんな幸せになれると思うのです。

そんな考え方おかしい、と非難されることが多かったけど、遠藤さんは賛同してくれたのでびっくりしました。

昨日も言いましたが、ぼくは、外と内で気持ちを使い分けようということを言いたいのではなくて、外側のことはさしてたいしたことではないので、それぞれの人が落ち着くように合わせておけばいいということが言いたかったのですが、それをわかってくれたのは遠藤さんだけです。

遠藤さんはおでこの、ちょうどまんなかのところに、小さいけど、薄い茶色のほくろがあります。

ぼくは、そのほくろを見ているとあのトランプのスペードのQの絵の人を思い出します。

あのトランプは昭和六十年に、ぼくが中三のときに、今の父親がフィレンツェで買って来てくれました。怖いような気持ち悪いような絵なんですが、なぜかすごく好きになって、それで、失ったり、汚したりするのが怖いような、なんか、もう一個、持ってないと不安で不安でしかたなくなって、次の年にまた父親がフィレンツェに行くことになったので、同じ物をねだったのです。はじめて、ねだりました。

二個持ってると、ものすごく安心できて、それで、結果的にはなんにも失うことなくて、それで一個を遠藤さんにあげたのです。安心できると、それで安心なのです。

スペードのQの人が、ずーっと好きでした。おでこにほくろがあるのがおもしろかった。

遠藤さん、結婚してください。八月二十六日がぼくの誕生日なので二十一になります。二十六日に届けを出すのでいいですか。

さようなら
1991・8・12 関口 章

遠藤優子様

前略。

末田先生、さきほどは電話でお声が聞けてうれしゅうございました。電話で申しましたとおり、結婚することになりました。いえ、入籍したのですから、結婚いたしました。

自分でも驚いております。結婚というものが、こんなに簡単にできてしまうものなのかと、いまだに驚いております。

手品師という職業に、先生は驚いておられましたが、私も手品師の妻というのがどういうふうに暮らしていくのかまったく見当がつきません。ただ、彼は感情的であったり、突発的であったりしての判断ではなくて、長いこと考えた結果に申し込んだと言ってくれるので、そう言うならそうだと思うのです。そんなものなのだと思うのです。だから「はい」と言いました。

さして苦労も知らず育った私からすると、とても苦労したように思う人ですが、本人は自分のことを苦労せずに育ったと思っています。そこが一番、胸にせまった点です。

年末には一冊、はじめての翻訳ものが出版される予定です。『ヒステリー』のリードギターの人の自叙伝です。仕事もますますがんばるつもりです。式にはぜひいらしてください。後日、案内状をお出しいたします。

まとまりのない文面になってしまいましたが、あしからず。

草々

平成三年九月二十日　関口優子

末田正夫先生

ユーコ、島木くんから聞いてびっくりしました。いつのまにつきあってたのーっ！　ってかんじです。しかも、手品師というのがまたびっくりです。

今、わたしは前とはべつの歯医者さんで働いています。芸は身をたすくってほどではないけど、前に精神的につらかったとき、がんばって通信受けててよかったって思います。土、日は完全にお休みなので、よかったら電話ください。

遠藤優子様

9／22 八木悦子

エツコ、さっきは電話をありがとう。電話ではうまく言えなかったけど、つきあってなかった、というんじゃなくて、つきあってる暇もなかったのです。

次に訳詞をするCDの版元の学生バイトの子が、高校のときの同級生がマジシャンなので演芸ショーの券があるからってつきあいで行って、紹介されて、ちょっと話したりしただけですぐに結婚になってしまって、それで、なんだか籍を入れてからつきあってるかんじです。

だから、もう夫婦なのにデートのときにどぎまぎしています。私は恋愛というものを、若いころはハナから信じてなかったし、アメリカでずいぶん素直になって帰ってきたとは思いますが、若くなくなっていたのでどこかあきらめてたし、好きな人ってできなかったし、関口くんは、だから、そういう意味では、はじめて見たときから好きだったということになると思います。人を好きになるって、全員、はじめて見たときから好きになるんだと思うわ。それが発展するかしないかの差で……。

何年か前にエツコが長い手紙で言っていたことを、私も実感します。その人に恋するかどうかなんて、はじめて見たときからわかっているのですよね。恋愛感情が明確になるかならないか、明確になったらなったで発展するかしないか、発展したらしたで結婚するかしないか、その差があるだけで、心の抗体は、はじめて会ったときから決まっているんだろうと思います。
「どんな男性？」
って、エツコに訊《き》かれたけど、私にもわかりません。これから知っていくつもりです。とりあえず、職業は手品師で年収は少なくて、でも、これから増えてくれると信じていて、手品師なので、さすがにとても器用です（ちょっとはしたなかったかな）。
後日、式（お祝いパーティのかたちにすると思いますが）の案内状を出します。
では
9／28
関口優子
八木悦子様

前略
お久しぶりです。案内状を見て、すごくびっくりしました。びっくりしたけど、おめでとう。びっくりして、島木に電話したりして、ちょっと相手のことを聞いたけど、なんとなく遠藤にはその人のような人が合ってると思う。神様がそうしてくれたような気がする。
俺のほうもびっくりさせることがあります。離婚しました。びっくりすることでもないか……。また電話でもします。よかったら会って飲みましょう。

草々

9／30

都築宏

遠藤優子様

前略。

昨夜はお疲れさまでした。幸せいっぱいの新妻に、あんなシケた話をしてしまってすみませんでした。

でも、なぐさめてくれてありがとう。はげましてくれてありがとう。

今日になって思うことは、関口という人はやっぱり神様が遠藤にひきあわせてくれたのだということです。

俺は、昨夜、うまく言えなかったけど、昨夜の今日で、ちょっと二日酔いで迎え酒をしてしまって、ぐったりしてるから、思い切って書くけど、遠藤のこと、ずっと好きだった。ただ、いわゆる「好き」というのとは違って、複雑なかんじの「好き」だった。だから、無責任に「好きだ」って言えなくて、言わないことにしてた。八木のこともあったし、よけい言えなかった。八木と天秤《てんびん》にかけて、っていう意味での「好き」ではなくて、うまく説明できなかったし、今もうまく説明できないけど、世の中の「好き」というのとは一種ちがうかんじで「好き」だった。それでいて、友情というのとは違って、ほんとに今だから言うけど、女として好きだった。それは自分でわかってたけど、口にしたり行動で表現したりすると無責任になるようにしか思われなくて、言えなかった。心から幸せを祈る。遠藤ならきっと最高の奥さんになるよ。

草々

十月三日　都築　宏

関口優子様

PART III

前略。

昌志さん、お元気ですか。

あなたと暮らしていたころが、十年も二十年も昔のことのような気がします。それでいて、つい昨日のことのような気もします。

今日は休みだったので、テレビで宮沢りえと貴花田の婚約解消会見をぼんやり見ていました。有名人は、婚約を解消しても離婚しても、ああして大勢の前でしゃべらなくてはならないからたいへんですね。

でも、うらやましいような気もします。婚約を解消してもみんながかけつけてくれるとか、注目をあびて写真を撮られるとかいったようなことがではありません。

華やかでうらやましいのではなくて……会見をしなくてはならないから、どうしても問題をみんなの前であきらかにする必要にせまられることがです。

うまく言えない。どう言ったらいいのだろう。

うまく言えないけど、わたしは結婚するとか、つきあうとか、恋愛するとか、そういうことはふたりでするものだと思っていました。

ふたりの感じたこと、ふたりの思ったこと、ふたりのイヤなこと、ふたりのいいことなどを、お互いに投げ合うことだと思っていました。

でも、女がそういうことを思ってはいけないように思ってもいました。そういうことを思うと男の人に嫌われるような気がして……。

以前、まだ学生だったころつきあっていた男の人が（その人とは卒業してからもつきあっていたのですが）、ある女の人と仲良くするのがとてもいやだったことがあります。

その男の人は編集者になって、仲良くしていた女の人というのは作家なのです。彼はその女の人とはなんでもないと言うし、わたしも決してふたりの仲を疑っていたわけではないのです。

でも、いやだった。いっそ関係があるほうがどんなにいいかと思ったものです。

わたしは、その女の人がいやでならなかった。今思うと、その人がいやだったのではなくて、その人がうらやましかったのかもしれません。きっと、彼とその人はいろんなことを話しているのだろう、その人は作家だからきっと自分の意見もちゃんと言えるのだろうと思うと、とてもうらやましかった。

自分の意見を言わないようにするほうが男の人からは好かれることを、わたしは……たぶん、ほとんどの女の人は、かなり少女のうちから身につけるのだと思います。

言わないようにして、上手にいつのまにか男の人にわからせるようにするのが安全というか、いいやり方のように思うようになって大人になっていくような……。

わたしは昌志さんに、ティファニーのオープンハートのネックレスを買ってくれと言ったことがありましたよね。

今だから言うけど……、今だから言うけど……、ティファニーだろうがなんだろうが、わたしはそんなに欲しくなかった。

もちろん、きれいなものやかわいらしいものは、わたしも好きだし欲しいのですが……だからといって前にあなたに買ってくれと言ったときのように、あんなに強く、なにがなんでも欲しいような気持ちはなかったのです。

じゃあどうして買ってくれと言ったのだ、と、ふしぎに思うでしょうね。すごく、ヘンな言い方になりますが「ねえ、買って、買って」と言わないといけないような気がして言ったのです。

勝手な言い分だと思うと思います。でも、正直な気持ちなんです。「ティファニーのオープンハートを買って」とわたしが言って、それであなたが買ってくれて、それでわたしが喜ぶのを見たら、あなたはきっとうれしいだろうと思ったのです。

そんなふうな、なにか物を買ってと頼むような頼みごとのほうが、よけいな話をしなくてすむことだから、きっとそのほうが女の子らしいと思ったのです。

前につきあっていた男の人にも、ティファニーではなかったけれど、当時流行《はや》りだったブランドのイヤリングを買ってくれと頼んだことがあります。彼は買ってくれて、わたしはキャーキャー喜びました。

喜んでみせたといってもいいです。そのときだって、わたしはそんなに、そのブランドのイヤリングが欲しかったわけではないのですから……。

キャーキャー喜びながら、頭の半分では、彼が仲良くしている作家の人はぜったいにこんなものを欲しがったりしないのだろうなと思っていました。

こんなものを買ってくれと頼まずに、彼といろいろな話ができるのだろうと思うと、いやでいやでならなかったです。きっと、ものすごくその人をうらやんでいたと思います。

ユーコのことをおぼえていますか？　わたしの高校からの友人です。一度、わたしたちのマンションにも遊びに来てくれたことがあります。ユーコに、わたしはちらっとだけ、そういう自分の気持ちをうちあけたことがありましたが、ユーコが返事したことばが今でも耳に残っています。

「そんなこと言うけど、その女の人にはその女の人の、またべつの悩みがあるよ」

って言った。

それで、わたしはそれ以上、なにも言わなかった。それでまた、すごくいやな気分になりました。

わたしはユーコと仲良くしてきたけれど、今でも仲が良いけれど、もしかしたら、どこかでユーコのことが嫌いなのではないかと、前はずいぶん悩んでいました。こんなこと、だれにも言ってないけど……。

どこかでユーコのこともいやだと思う自分の心があったように思います。彼女のようになれない自分のもどかしさのようなものが……。そんな自分の気持ちを、決して見ないようにしてはいましたが……。

ユーコは高校のときからの友だちで、あなたと知り合う前にわたしがつきあっていた男の人はユーコのことを知っています。わたしたちは全員高校の同級生でした。

わたしは彼とユーコのこともうらやましかった。ふたりは仲が良かったのです。もちろん、ふたりのことも、やっぱり疑ってないのですが、わたしにはそんなふうに、男の人に対して女の人ではなく接することができるようなものがないような気がして、つらかった。

だから、あなたと結婚したとき、あなたといっぱい話をしようと、すごく思っていました。夫婦なのだから、もう、かけひきしなくていいんだ、もう、自分の意見を言ってもいいんだ、もう、意見を持っていないフリをしなくてもいいんだ、って。

意見……。意見といったって、たいしたものではありません。弁論みたいなものではないし、そんなキツいものではぜんぜんないのです。べつにあなたを強制するとか、束縛するとか、そんなふうなものではありません。

いろんなこと……、いろんなことについて、あなたの感じることや思うことを聞きたかったし、自分も言ってみたかった……わたしが言う、意見、っていうのはそんなふうなこと……。

でも……、やっぱりわたしは言えなかった。言うのが怖かった。なぜなんでしょうか。よくわかりません。

「言うな」

と、あなたが無言で言っているような気がしてならなかったの。そういう問題についてふれてくれるなと言っているような気がしてならなかったのです。

けれど、それは無理というものなんですね、人間である以上……。

「もっと話し合う時間があったらよかったのに」

宮沢りえがテレビで言ってたのを聞いて、なぜか痛いほど気持ちがわかりました。

話し合うということを、貴花田という男の人も避けた。でも、有名人だと、すくなくとも「話し合いたかった」ということをみんなの前で表明できるから、うらやましいと思うのだと思います。

話し合ったって、恋愛とか結婚とかこんなふうなことは、すべてがすっきりするわけではありません。あなたとわたしの離婚調停がそうであったように……。

けれど、たどたどしくても、ちょっとヘンでも、話し合うということを、わたしはしたかった。はっきりしない部分ははっきりしなくていいのです。そこのところははっきりしない、ということで、はっきりするのだから……。

男の人は女の人と話し合うのをいやがります。別れるときにはとくに……きっと貴花田も……。

だれだったかなあ、友人か知り合いか忘れたけど、だれか男の人が言ってた。

「だってさあ、泣いたりわめいたりされそうで怖いんだよ、男は」

って。それを聞いたときこそ、わたしは泣いたりわめいたりしたくなりました。くやしくて……。だって、そこまで男の人というのは女の人をみくびっているのかと……。

調停で、あなたならわかったと思いますが、そこまで女の人はバカでも感情的でもないのです。ご縁あってつきあったり、結婚したりしたのなら、別れるときには少し長い時間話したいというだけのことで、それが、一人の人間がもう一人の人間とかかわったあとの……なんというか……最低限の礼儀だと思うのです。

それで、なかには泣いたりわめいたりする人も、たまにはいるのかもしれませんが、刃物とかを持ち出してくるならいけないけど、泣いたりわめいたりするくらい、肉体も精神も関係のあった相手なら、それくらいのこと、そんなに怖がるなんて、なんか、なんか、そんなの、あまりに虫がよすぎると思う……。

わたしはあなたと離婚しましたが、結婚したことを後悔していません。これっぽっちも。

宮沢りえではないけれど、悲劇のヒロインにはなりません。あなたと結婚したという経験は、きっとわたしを前のわたしよりよくしてくれると思っています。あなたとの離婚を経験したからユーコの結婚も心から祝福できるわたしなのです。結婚しているあいだはどうもありがとう、って、そう思います。
どうぞ、お身体《からだ》をたいせつに。これからはもっと幸せになってください。
草々
平成五年一月三十日　八木悦子
保坂昌志様
（投函《とうかん》せず）

前略。

いろいろとありがとう。

手続きではいやなこともあったと思うけど、これにこりず（?）、これからまた新しい人生で新しい人といい出会いをしてください。

ぼくという男は、どこか男として欠陥があるのでしょうね。つくづく最近、そう思います。

これ、決して、あなたへの文句じゃないんです。あなたはほんとにいい妻だったです。ほんとです。

ぼくはあなたのそのいい妻に応じてあげることができなかった……。応じてあげることが苦痛だったのです。こんなふうに言うと、またあなたへの文句のように聞こえてしまうかもしれませんが……。

今だから、正直に言うけれど、ぼくはほんとに男として自信がないのです。なんと言うか……ほんとになんて言えばいいんだろうか……。

たとえば、ここに性格のいい、外見もかわいらしい、いい妻がいて、そうした人を抱きしめたいという気持ちがどうしてもわかないような、男としての自信のなさが、ぼくにはあるのです。

ほんとに今だから言うけど、ぼくは、あなたがだれか他の男と浮気をしてくれればいいと思ってた。そして、それがどんなふうであったかを聞いていたかった。そんな結婚生活が理想だった。

でも、こんなこと、ぜったいに理解してもらえないだろうと思い、言えませんでした。こんなことを考えるのは異常だと思われそうで言えなかった。でも、あなたがいつ浮気をするかと待っていたところが、たしかにぼくにはありました。こんな考え方を理解してくれる女の人はぜったいにいないだろうと思い、ぼくは男としての自信がないのです。

これから幸せになってください。お祈りしてます。

草々

八木悦子様

平成五年二月五日　保坂昌志

（投函せず）

淳、元気でやっていますか。お兄さんになったのだから、妹はかわいがってやれよ。わがままを言ってママを困らせるな。妹はどんなことがあっても淳の妹なんだからな。淳が大きくなっても妹はずっと淳の妹なんだから。

淳にはちょっとむずかしい話かもしれないけど、今のパパにも安心して甘えろよ。きっと今のパパは淳を愛してくれる。

Love is not saying sorry.

若いころ、ぼくはこの格言の意味がよくわからなかった。すごく若いころだよ。淳と同じくらい子供のころだ。

十二か十三か、それくらいのころにはじめてこの格言を知った。『ある愛の詩《うた》』という映画のポスターに書いてあった。ものすごく流行《はや》ってた映画だったらしい。らしい、というのは、ぼくはそのころ中一で『ある愛の詩』なんていう題名の映画よりサッカーとか理科の実験とかのほうがだいじなことだった。たまたま同じクラスの子と帰り道でいっしょになってしゃべりながら歩いてたらどっかの壁にポスターが貼《は》ってあって、その子が、この映画見たくてたまらないの、と言ったから、ふうん、とポスターを見たとき、書いてあった。

中学生なんていったら、淳は「ずっと大人だ」って思うかもしれない。そんなことないんだ。男の小学校一年と中学校一年っていったら、たいした差なんかない。それどころか小学生の男も二十代の男も、ほんとにたいした差なんかないんだよ。なにかの航海をしたやつ以外は、男は小学生も大学生もたいした差を作れない。全員がピカピカの一年生でランドセルしょったまま学校へ行ったり会社へ行ったりしてるんだ。ある時期からランドセルが透明になってくれるだけで、いっしょなんだよ。航海をしたやつだって大人になってるわけじゃない。航海をしたやつのすごいところは一点、ランドセルは透明になっただけだってことを自覚してるところなんだ。

ほとんどの男は、ランドセルが透明になると、もうランドセルはないんだと錯覚してしまう。考えようともしなくなって、ランドセルのことを忘れてしまうから、自分は大人の男になったと思う。いや、思うことができる、と言ったほうがいいかな。

日本はとても平和な国だから、戦争に行かされることもないし、食べ物だってあまって腐るほどあるし、それでいて、日本が平和ではなかったころの習慣はありがたく残っていてくれるもんだから、お母さんは自分の子供が男だと、平和ではなかったころの日本の男のようにやさしくしてくれる。女の子が皿洗いを手伝わされているときに、男の子は茶の間で寝ころんでテレビを見てりゃいいようにしてくれる。このままだよ。このまま中学校に行って、このまま高校に行って、このまま大学に行ったり会社に行ったりするんだから、ランドセルは透明になっただけなんだなんて、そりゃ、自覚できないよな。

だから言うんだ。ぼくが淳と同じくらいに若かったころに、ぼくは「Love is not saying sorry」という格言を知った。『ある愛の詩』のポスターをクラスの女の子と見たときは中一だから、もちろん英語のほうじゃなくて、日本語の、

「愛とは決して後悔しないこと」

という宣伝文句のほうを読んだ。でも中学に入って英語を習いはじめたばかりのころだったから、英語がなにかとめずらしくて、カバンからノートと鉛筆を出して、

「Love is not saying sorry」

と書きうつしたんだ。

それから家に帰って、買ったばかりの英和辞典で単語を引いたんだけど、訳せなくて、英語のセンセイに質問した。今から思えば、そのときのセンセイは不親切だと思うよ。

「愛とは後悔していると言わないことです」

こう訳してくれて、

「これは英語の格言の一種だ」

だって。これじゃ、意味わかんねえよな。そう思うだろ。淳と同じくらい若いころ

の男だよ。そもそも「愛」なんてことばさえ、こっぱずかしくて口にできないし、考えるのもはずかしいのに、それをいきなり「後悔していると言わないことです」なんて教えられたって、「？？？」って思うだけだよな。

でも、淳、ぼくはこの格言が……格言って言い方でいいのかな、ちょっと疑問だけど……この格言が妙に頭に残ったんだよね。もちろん男だからはずかしくて、そんなこと頭に残っているとはだれにも言わなかったし、じっさい、サッカーの部活をやったり、期末試験や中間試験でおおわらわでさ、ことさらに追究してみようとか考えてみようとかする気なんかなくて、ふだんはころっと忘れてたんだけどね。

そのうち、高校に入って気になる女の子ができた。きれいな子だった。勉強もできたしスタイルもよかった。

そのときさ、今にすると笑えるが、その子のこと考えてもちっとも後悔しないからきっと好きなんだろうって安心したよ。

でも、その子としゃべってるより別の子としゃべってるほうがもっと安心するようになった。安心する子のほうがきっとより愛しているのだ、と思ったのか思わなかったのか、よくわからん。なにせ男なんだから、淳と同じくらいの頭しかないんだからさ、そんなこと考えないよ。

それから浪人して、ぐちゃぐちゃと考えるにはかっこうの時期があって、大学生になるとかわいい女の子にも出会った。それからまたたって、すごく好きになった女の人もいた。すごく好きだった。まあ、年上の人ってやつだ。その人は、ほんとにすごく好きだったけど……。

淳のママのことも好きだったよ。かわいかったんだよ、淳のママは。お人形さんみたいな顔をして、お辞儀のしかたが、とくにかわいかった。淳のおじいちゃんもいい人でね、ぼくのことを好いてくれた。

なんでなんだろうなあ。ぼくはなんでママと淳のおじいちゃんといっしょに住むのがいやだったんだろうなあ。なんでなのか、ほんとのところ、わかんないよ。

ただ「Love is not saying sorry」という格言のことばかりを、最近は考えるんだ。

たとえば、男が女を好きになるとする。反対でもいい。女が男を好きになるとする。最近では男が男を、女が女を好きになることもあるらしいけど、とにかく、人がだれかを好きになるとする。

だれかを好きになるということは、それはどういうことかというと、相手の時間や領域や、自主性とかそういう、なんていうか、大事にしてることをぜんぶ踏みにじることなんだって思う。えーっ、て驚くかもしれないけど、きっとそういうことなんだと思う。

前にぼくは、ある女の子に忠告したことがある。

「好きな人ができたら好きになってもらえるように努力しなくっちゃいけないよ」

とか「好きになるってことは思いやりなんだから」とか。

こんなふうに忠告しながら、なんともいえぬしらじらしさを感じていたのは、きっと、もうそのときからぼくは、だれかを好きになるということはめちゃくちゃなエゴイズムでしかないということを知っていたからなんだと思うんだよね。

その女の子は……女の子なんて言ってはいけないのかな、でも知り合ったときはたしかに女の子だったんだよ……その女の子はとてもがんばりやだった。今でもがんばりやなんだろう。翻訳の仕事をしててルックスもいい。淳だから正直に打ち明けるが、その子と会ってその子の脚やその子の胸を見て男として当然の肉体反応をしたことが何度もあった。その子と会ったあとに別の女の子と会ったりすると、必ずその別の女の子をはげしく求めた。でも、がんばりやのその子とはつきあうことができなかった。

打ち明けてフラれたらかっこわるいとか、勇気がないとかいうことではなくて、その子は、だれかを好きになるということができない子だった。なんでなら、エゴイズムということを、いうことをしないようにしている子だった。だれかを好きになると感心するくらい押し殺して、いつもいつもしっかりしている子だった。しっかりしているように、すくなくともそう見えた。

しっかりしているにもほどってもんがあって、あまりに過ぎると、もうだれもその子には近寄れない。近寄れるとしたら、よほどのバカかよほどの航海をしたやつだけで。

こんな子に「好きな人ができたら努力しなくっちゃだめだよ」なんていう忠告だか助言だかをしたのは、ほんとに的はずれなことだったよ。その子はそんなこと言われたって、ぼくの言った忠告なんか、もう、し過ぎるほどし過ぎている子だったんだから。し過ぎていてかわいそうだったんだからさ。

それでもぼくは、その子にはそうとしか言えなかった。だって、その子、しっかりしてるんだから……って、結局、堂々巡りになってしまってさ。その子は、よほどのバカを相手にしたあと、よほどの航海をしたほうと結婚したけどさ。

なんでこの子の話を淳にするかというと、淳に今のパパに愛されてほしいと思うからである。ぼくも淳を愛しているから。

なんていうのかな、わがままを言ってくれなきゃ応対できないんだよ、他人は。わがままを、ありったけのわがままをぶつけることが、それが他人を好きになるということなんだ。好きな人にはわがままを言われなければ意味がないんだ。

こんなことを言ったら相手に悪いとか、こんなことをしたら相手に悪いとか、そういうことを考えることがもう、冷たいことなんだ。好きになるってことは、そうだな、別の言い方をすると、好きになるってことはとりみだしてしまうってこと、理屈がなくなってしまうってことなんだ。

ぼくは淳のママに対して、いつもとりみだすことができなかった。たぶん、淳のママもそうだったんだと思う。淳のママがとりみだすことができる相手は、きっと淳のおじいちゃんだけで、そのことがよくわかっているから、ぼくもまた遠慮してしまう。まあ、理由はほかにもいろいろとあるんだろうが、たぶん、ここらあたりが一番の離婚の原因なんじゃないのかな。
すみません、とか、もうしわけありません、とか、こういうことを思わないことが、愛だということなんだよ。
Love is not saying sorry.
淳はなんでも好き嫌いなく食べて大きくなれよ。パパも大きくなるから。皇太子さんと雅子さんはきれいだったな。またテレビをいっしょに見ような。
バイバイ
平成五年六月九日　都築　宏
渡辺淳様
（投函せず）

前略。

宏さん、このあいだは淳と遊んでくれてありがとう。下の子も、ちょっとだけですがたっちができるようになりました。

淳がもっと大きくなったら、もっとくわしくわたしたちのことを話すつもりでいます。それまでは、なんとなく自然に「荻窪のお父さん」でいてください。それとなく淳も悟ってゆくと思うのです。小さな子供に、あまりに無理に大人の話を理解させるのは、それこそ無理だと思うので……。

わたしは今はとても安定した生活を送っています。宏さんと別れてからほどなく知り合った人ですけれど、気長にわたしを待ってくれました。

実家がお蕎麦《そば》屋さんの人で、お義父《とう》さまは養子だった人です。お蕎麦屋さんを継ぐのがいやでサラリーマンになって、今はお店は妹さんの旦那《だんな》さんが継いでいます。

お蕎麦屋さんは……お蕎麦屋さんにかぎらず自営業というのはたいへんなようで、それでサラリーマンになりたかったのだそうですが、でも「婿《むこ》養子」っていうのは継いじゃったみたいね。妹さんのほうも……。

わたし、やっぱり人間の環境ってすごい影響力のあるもんなんだなあって、最近はつくづく思います。星座占いとか血液型とかいろいろあるけど、あんなものより、相性は、その人の環境がものすごく影響するんだなあって。

だって、小さいときから生まれそだった環境って、その人のポリシーのようなものを作るじゃないですか。お蕎麦屋さんの両親を見て作られるってことじゃなくて、家の中における人間関係を身体《からだ》が理屈じゃなくおぼえてしまうっていえばいいでしょうか。

宏さんとの生活は決していやではありませんでした。あなたのこと、好きでした。でも、わたしには今の主人のような人が合ってるように思います。お笑い番組に目がなくて、子供みたいに甘えん坊なの。パパにもなついてくれてます。妹のいる長男って甘えん坊ですよね。もっとも男の人は、いくつになってもそうなのかしらね。

宏さんのご多幸を心からお祈りしています。

かしこ

平成五年六月十日　渡辺真美

都築宏様

（投函《とうかん》せず）


師走《しわす》となりました。あちこちのお店はクリスマス・ムード一色ですね。

さて、先日は後楽園《こうらくえん》に誘ってくださってありがとうございました。プロレスの試合というのを、わたしははじめて見たのでめずらしくてびっくりしました。帰りに三人で食べたお好み焼きもおいしかった。わたしたちって、なんだかお好み焼きに縁がありますね。

そしてなによりも、ユーコと関口くん（わたしまで関口くんと呼んでいいのかしら？）の仲がいいのが、見ていてわたしまで幸せな気分になりました。べつにいちゃいちゃしてるんじゃないのに、ほんとにほんとに仲がいいのが伝わってきました。

「結婚したときより今のほうがもっと遠藤さんのことが好き」

と関口くんが言ったとき（夫婦なのに遠藤さんと呼ぶのも、関口くんには似合っていた）、ふつうそういうこと言われると、聞かされたほうは恥ずかしくなるものなのに、そういうかんじが全然しなかった。しみじみ納得したというかなんというか、そうだろうとわかった。

ユーコが彼を関口くんと呼ぶのを見ていて、高校のときのある日の昼休みのことを思い出していました。わたし、なぜかとってもその日のことをよくおぼえているの。五時間目が生物だという日で、わたしとユーコはお弁当を生物室で食べたのです。だれもいなかった。

一年の三学期の終わりで、ユーコはそのころ流行《はや》りだったアイビー調のふかみどり系のマドラス・チェックのマフラーをして渡り廊下から手をふってから生物室に入ってきた。しばらくはふたりで『mc Sister』を見てて、それからユーコが急に言ったの。

「私、結婚したら相手のこと、○○くんって名字で呼ぶ」

って。ほかの子がそういうことを言っても（結婚とかそういうこと）印象薄かったのかもしれないけど、ユーコがそう言うのがすっごく印象的だった。それでよくおぼえてるのかも。

ところで、わたしも今はなかなかたのしい日々を送っています。ひとり暮らしになったのに前より元気ね、ってよく言われるの。たぶん、ひとり暮らしだからだれかと会ったときのたのしさがわかるようになったからだと思います。ぜひまた会いましょう。クリスマス鍋《なべ》でもしましょう。イブのお好み焼き大会でもいいよ。

敬具

平成五年十二月四日　八木悦子

関口優子様

前略、悦子サマ、お元気ですか。

こないだ遠藤夫婦（関口夫婦か）の夫のほうの手品ショーみたいなのを見てきました。あの夫、すごい人ですね、なんか……。

ところで、ぼくは今年から花粉症になりました。サンザンでしたがやっとこれからはラクになりそうです。今日で桜も散るでしょうから。長年の花粉症の人から聞くところによると、桜が散るころにはだいじょうぶになるんだそうで、花粉症がこんなにつらいものだとは知らなかった。

「毎日泣いています」とずっと前にきみが言ったことがある。そのときぎみは、「花粉症で」とすぐあとにつづけた。そのとき、ぼくは花粉症を知らなかった。その冗談めいた言い方に含まれるものもわからなかった。花粉症というものは涙が出るものだと、ただそれだけのことだと思った。

花粉症になってわかったことは、花粉症で泣いていると、ほんとうにかなしくなってくるということです。

「かなしいから泣くのではない。泣くからかなしいのだ」

これ言った人はだれであったか。忘れました。

その昔、かなしいとき、かなしいと、なぜきみは言わなかったのか。なぜ、もっと早くに言わなかったのか。

言ってくれればよかったのに、と言うことはとてもかんたんだけど、花粉症になってみてはじめて、言えなかったきみのことがわかるような気がします。

遠藤たちと帰りにお好み焼き食べたとき、遠藤の手つきがおぼつかなげだったから、「料理ヘタだろう」

と言ってしまって、遠藤は笑ってたけど、遠藤がトイレ行ったとき、夫のほうから、遠藤には前の事件でのことが原因で小指の神経に支障が残っているんだと知らされて、どうしたらいいのかわからないくらい恥ずかしかった。

このこと自体は知らなかったんだから、ってことだけど、なんていうか、ここのところぼくがずっと自分について恥じていたことぜんぶを表しているような気がして恥ずかしかった。ぼくが責任感だとかやさしさだとか思っていたことは、ただ目先の周囲だけを見渡した視野に立っての責任感でありやさしさであり、それはとりもなおさず「自分が笑われたくない」というチンケな防御心であったことを知りました。

それでも、ぼくは言う。前に「花粉症で」とつづけたきみは、あまりにも気をつかいすぎている（過去のことだから、つかいすぎていた、になるのか）。気をつかう、というか、あまりにも……。そんなことしなくていいんだよ。

だからこれからはしないでね。気楽にな。

細川首相がこんなに早く辞めるとは思いもしませんでした。もうちょっとモつかと思ってたが……。もっとも、ずっとモつと思っていたのにモたなかったものは、世間にたくさんある。

悦子サマ、どうぞお元気でお暮らしくだされよ。

平成六年四月八日　都築　宏

八木悦子様

前略。

宏さん、昨日は電話をありがとう。再婚の話を聞いて、半分うれしくて、半分はボーゼンとしたような気分になりました。

半分うれしい、の、うれしいというのは、ほんとのほんとは、もしかしたら、自分だけがさっさと再婚してしまったから、気がひけるようなところがあって、それがなくなったからうれしいという、うれしいのような気がします。

半分ボーゼンとして、というのは、ものすごく勝手な気持ちなんですが、なんだかあなたをとられてしまったような気がしてボーゼンとしたような気がします。それは相手の人が高校時代からの知り合いだと知ったからだと思います。離婚してからその人の話をチラッと聞いたことがあったから……。

ほんとはわたしと結婚するんじゃなくて、最初からその人と結婚するはずだったのに、わたしが邪魔してしまったのかなあ、なんてことも考えたりしました。

でも、わたし、デパートであなたを見たとき……はじめて見たときドキーンって心臓の音が聞こえたんですよね。これ、ほんとなの。ほんとに初恋だったの。いまごろこんなこと言って、へんだよね。いまごろこんなこと言っても、もう遅いよね。

わたしの失敗は、あなたもわたしを見て、ドキーンって心臓が鳴ったんだって信じこんだこと……。

燃えるような恋をして、みんなから祝福されて結婚する、その夢がかなうんだって信じこんでしまって、なんにも見えなかった。

あなたはわたしに恋なんかしなかったんですよね。あなたはただ、わたしをかわいいと思って、わたしが妊娠した責任を感じてわたしと結婚したんだと思う。

そういうまじめさがあなたにはあって、そのまじめさがほんとはどんなに冷たいものか、っていうか、どんなに女としてのわたしをイライラさせるものか、それをわたしはずっと言いたくて、それでも言えなくて、きっとそれがダメになった原因のような気がする。

今の主人は、わたしを一目見たときに胸がふるえたって。それがうれしいの。養子ということを承諾してくれることより、パパと仲良くしてくれることより、なによりも……。

再婚する人って高校時代にも、社会人になってから、わたしと結婚するすぐ前にもつきあっていたんでしょう？　あなたが恋をしたのは、結局、その人だったのでしょうね。

草々

平成七年九月四日　渡辺真美

都築宏様

（破ってごみ箱に捨てたもの）

前略。宏さん、昨日は電話をありがとう。再婚のことお祝い申し上げます。電話でも言ったけど、高校からのお知り合いなら、きっとお互いの育った環境もよくわかりあえて、きっといいと思います。おしあわせに。

かしこ

九月五日　渡辺真美

都築宏様

前略。

宏さん、昨日はびっくりしました。フィラデルフィアは夜中の三時だったのよ。でもよいお知らせでなによりでした。よく喧嘩《けんか》してよく愛し合っていかれますよう。

Congratulation!

Sept・6・1995　モーガン佳子

前略。あんなところで会うなんて、すごくびっくりしました。ところで、上の子が来年中学なのですが、もし清愛女子学園に縁のある人をご存じでしたら教えていただければ幸いです。
草々
九月六日　中川美穂
都築宏様

前略。

悦子さん、昨日は電話で再婚されることを伺って、ほんとうにうれしく思いました。

ぼくのような男につかまってしまって、ほんとにあなたは不運だったんですよ。ツキがなかったんですね、あのときは。だから今度はぜったいツキがあります。がんばってください。

ぼくはどう考えてもヘンなヤツです。結婚相手としてはね。これからも結婚しないつもりです。もし結婚するならぼくと同じようにヘンなヤツでないといけません。ぼくはヘンさが日々どんどん加算されていくようです。

しかし、ヘンなヤツと犯罪者の境界線は、自分がヘンなヤツだということを自覚してるかしてないかですから安心してください。

たとえば、このあいだ、ある夫婦と知り合いになって、その夫のほうが自分の妻と寝てくれとぼくに頼むのですね。そして、その夫はどうするかというと、自分は隣の部屋からそれを覗《のぞ》きたいと。そのあとで、次はぼくに自分と妻との行為を覗いてほしいと。

ぼくは同意しました。すごく興奮して、ああ、やっぱりぼくはヘンなヤツだと思った。そしたらすごく心がラクになって、家に帰って記念に自分の写真をポラで撮りました。

こういう人間と、あなたが結婚したことは、ほんとにあなたの不運だったと、だからぼくは思うわけです。性の歪《ひず》みを、あなたは持っていないんだから、どんなにぼくが説明したところで理解不可能であろうと、さっさとわかってしまっていたから、だからぼくはあなたと話さなかったのかもしれません。

だってさ、水が怖い、泳げない、って思ってる人がいたとするじゃない？　その人に、いくら「いいかい、浮力というものがあってね、人間の体積に比して水の体積がこれこれこうだとね、云々《うんぬん》」とか、こんこんと説明したってさ、それがどんなに理路整然とした説明であっても、理路整然としてるから、たとえその人が理解したとしても、やっぱりその人は、水が怖い、泳げない、って思ってるままじゃない？　その人が泳げるようになるとしたら、それは説明じゃなくて、といって、戸塚ヨットスクールかなんかみたいに、無理やり水に放り込むんでもなくて、「なんだかある日、ふとわかった」って選択肢《せんたくし》しかないと思うわけね。だからぼく、あなたに話す気がなかったんでしょうね。ごめんね。ツキがなかったと思って、幸せになってよね、ほんと。

平成七年九月四日　保坂昌志

八木悦子様

（破ってごみ箱に捨てたもの）

前略。再婚おめでとう。今度はぜったい大成功まちがいなし！

前に「カルトQ」に出たとき優勝したので、それがきっかけで知り合った人なんかといっしょに、『怪獣ブック』という本を出しました。再婚祝いに送ります……と思ったけど、欲しくないだろうからやめとくね。まあ、そんなこともやってますって近況ってことで。お元気で。これ、最後のはがきにしときます。

九月四日　保坂昌志

八木悦子様

拝啓。

まだまだ暑い日がつづきますものの、朝夕には秋の涼しさがただよう今日このごろ。黒田先生、いかがお過ごしでしょうか。ずいぶんごぶさたいたしております。急に会社を辞めてしまって、ずいぶん驚かせたことと存じます。ずいぶん心配をかけてしまったことでしょう。ごめんなさい。

じつは、わたし、お店を開くことになったのです。「サッフォー」といいます。新宿二丁目です。開店にあたっては江本さんにずいぶんお世話になりました。「サッフォー」という名前で二丁目といえば、先生ならお察しのことと思いますが、世にいうレスビアン・バーです。

わたしは先生のことが大好きでした。どうしたらいいのかわからないくらい好きでした。自分がとても怖かった。というのは、そのとき、つきあっている彼女がいたのです。自分がそういう人種であることを会社に隠していたこともあるけど、そんなことより怖かったのは「だめだ、これ以上、接近すると自分がわからなくなってしまう」って怖かったの。先生より彼女のほうが好きだったとか、彼女のほうが恋人として優れてたとかいうんじゃないんです。ゆれうごく自分の心が怖かった。

最終的に彼女のほうを選んだのは、先生が女の人しか愛せない人種ではないからです。先生はそのときだって、たぶん今だって、いくらでも恋愛の相手を獲得できる人だと思ったからです。でも彼女は骨の髄から女しか愛せない人だったから……。

けれども、ゆれうごいた罰とでもいうのでしょうか、結局、その彼女とも別れることになってしまいました。でも、その別れを経て、わたしは自分がレスビアンであることをカミング・アウトできた。すごく身体《からだ》が軽くなりました。

今、先生は編集の久米さんと結婚して、結婚してもカメラマンの江本さんと、三人で暮らしていらっしゃるそうですね。先生らしいわ。

お身体をたいせつに。ぜひお店にいらしてくださいませ。後日、案内状をお出しいたします。

敬具

平成七年九月四日　山口美紀

黒田あゆ子先生へ、住所がわからなくてファックス番号だけわかりましたので、失礼ですがファックスさせていただきます。


ゆうべはファックスと留守TELをありがとう。そして開店おめでとう！

でもって、黒田なんだが、バリに行ったきり連絡がないから元気なんじゃないの？

仕事のことは俺は担当をおりたので知らん。

それからさー、三人で暮らしてるんじゃないんだよ！　江本が勝手に来てだらだらと泊まってくだけなんだってば。でも、俺は帰り遅いし、黒田は事務所かバリだし、江本が掃除してくれるし料理も冷凍しといてくれるし、ほんとに俺は結婚したなら誰としたの？　ってよく思うよ。

浮気？　俺はしてるけど、黒田はしてない。結婚してよくわかったのは、あいつがそういうやつだということなのだった。


山口様へ祝・開店FAX一枚　　9／10　11PM　久米

悦子さん、宏さん、おめでとう！　温かい家庭を築いてください。

千川歯科　職員一同

おめでとうございます。本日は大安でお日柄もよく、KYON^{2}の古い歌を、この色紙上にてうたわせていただきます。ヤマトナデシコ七変化。♪まわり〜道、さいしょの人に、かえる〜日も、あるでしょおォ♪　おめーら、ご祝儀《しゅうぎ》、ダブルでダブルだぜ。

島木紳助

おめでとうございます。おめでとうございます。おめでとうも、ダブルです。合計、トリプル。

関口優子

青春に乾杯！

清愛女子学園教諭　斎藤孝

（以上四点、平成七年九月十日に一枚の色紙に書かれたもの）

前略。

女子校を知らないけれど、共学に行けてなんてよかったと思う。共学に通えたことは幸運だったと。

世界に男と女がいるように、学校に女と男がいる生活を、高校時代に送れたことは、一生のきらめく宝。

文化祭の、体育祭の、あのどよめきと甘さ。渡り廊下の、図書館の、あの視線のからみと息吹《いぶ》き。別学みたいに校外でかっこいいとこばっか見せてるわけにはいかなくて、検尿も、赤点も、先生にチョーク投げられるのも、すべってころぶのも、みんな恥をさらさなきゃなんない共学の、それでも生活を共有したなかで芽生える心のまじわりは、あれは共学でないかぎり、ぜったいぜったい味わえない。

当時、私は太っていた。体重はそんなに変わらないはずだが、顔がまるまるとしていた。それでも「顔はほっそりしている」と言われたくらい、他のみんなはもっとまるまるまるのまるまるだった。そんな時代。

あのころから私は色恋に無縁だった。でも、まわりの人はそれなりにバレンタインや手編みのマフラーってのをやっていた。

しんこちゃんは体操部の西堀くんと。たづるちゃんは野球部の修二くん。髪のちゃいろい陸上部のあの女の子は剣道部のマコトくん。アメリカンの色男のあいつは玲子さんを泣かせ、玲子さんに山崎くんは片思いしてた。

卒業式の日、図書館のわきの階段のところでたづるちゃんが泣いてた。修二くんが東京に行くから。あとで聞いた話だが、彼らは長寿山で初キスをしたらしい。そんなことをしてた人もいたのか……。私なんかイヤってほどラブシーンを書いたが実際にキスしたのなんか、ほとんど最近なのに。

文化祭の模擬店。サンドイッチを食べた。コーヒー屋で先輩におごってもらった。名前を忘れたけど、黒ぶちの眼鏡をかけてた先輩。おごってもらう、ってことがものすっごく「レディ扱いされたーっ」て気がした。

体育祭のときアイスキャンデーをおごってくれた柏原くん。細長い棒のようなオレンジ味のキャンデーで、私がそれをせっせと舐《な》めていると、

「そおゆーの、好き?」

と聞いて、

「ごめん、今、ぼくヒワイなことを言ってしまった」

と自分で笑った。私も笑った。

これがヒワイなことだと、もちろん意味はわかったけれど、でも、彼も私も「冗談」でしかなかった。キワドイ冗談を背伸びして言ってみただけの彼と、それがちゃんと通じるよって背伸びして受ける私。現実味なんかなにもない冗談でしかなかった、あのころ。

今なんか冗談にならない。私にそれを望む男がいないことのほうが深刻で、とてもじゃないけど笑ってられない。

生物の時間に実験があって、舌の動きの自由自在さには個人差があるという総理府だかWHOだかの統計をたしかめてみようというもの。100人に一人しかできない動かし方があり、学年でできたのは私一人だった。ああ、あのときもっと男子生徒にこれをアッピールしとくんだった。当時は「へー」で終わり。生物の先生だけがもしかしたら実感して感心してくれていたかもしれない。

みんな、今はどうしているんだろう。

あのころ。なんて単純で、なんて、一日一日が新鮮で、なんでもドキドキしてたんだろう。なんて、一年が長かったんだろう。体育祭での優勝がなんて大事なことだったんだろう。夜まで教室に残ってる日がなんて「特別な」日だったんだろう。体育祭の夜、チャリンコで神社に行って興奮して笑った。宴のあとの興奮をチャリンコを六人でのりまわしてさました。なんて、なんでもないことがきらめいてたんだろう。テストがなんてこわかったんだろう。先生にあてられるのがなんてイヤだったんだろう。そんな時代へ手紙を書きました。今だってきっとまだ「あのころ」は各人のどこかにしまってあるだろうと。

草々

平成八年三月二十五日

みんなへ

あとがきにかえて　姫野カオルコ

解説

藤田香織

はっきり言って、よくわからない。

1990年に『ひと呼んでミツコ』で本格的に作家デビューして以来この著者の作品を、単行本になったものに関しては全作読んできた私の、それが正直な〝姫野カオルコ〟の印象でございます。

わからない、というのは〝解らない〟というよりはむしろ〝判らない〟という字があてはまる。判別不可能。

こうした文庫解説などを書く場合「○○（作家名）とは○○である」と、はっきりきっぱり一言で断言できると、せっかちな読者にとっても語彙《ごい》の少ない私にとっても大変いい感じでまとめることができるのだけれど、姫野カオルコに関してはいくら頭をひねってもその○○が浮かんでこないのです。

幼い頃、イギリス人宣教師にあずけられていたことがある。

小学3年生の頃から小説を書いていた。

青山学院大学在学中から、ライターとして活動していた。

『ひと呼んでミツコ』はアポなし直接持ち込みの末、4社目にして講談社で刊行即決。

　そんな外側の情報は著者のエッセイやインタビューを読めば簡単に手に入れることができるけれど、それは単なるパーソナルデータでしかない。知りたいのはそんなことではありません。もっとこう、一言でずばっと作家・姫野カオルコの核心を捉《とら》えるヒントになるようなキーワードが欲しいのだ。

「単純に見えて複雑」で「過激かつ繊細」。「辛辣《しんらつ》なのにユーモラス」でありながらも「懐かしくも切なく」「誰もが持っている記憶にうったえ」かつ「独特の世界観」を持っている「いやらしさを嫌らしくなく書ける」とされる作家。

　彼女に関するレビューや評論を読めば読むほど、「ご尤《もっと》も」と思いつつも、ますます困惑は深まるばかり。


　が、こうして〝判らない〟ことを延々と述べていてもいっこうに〝解説〟になりませんので、本書『終業式』について触れていきましょう。

　先ほどから姫野カオルコについては〝判らない〟を繰り返している私ですが、本書については いきなり断言させて頂きます。

　この物語はこれまでの著者の作品の中で、一番「普通」の話です。軽はずみに「普通」という言葉を使うのもどうかと思いますが、それでもあえて繰り返したいほど「普通」。

　主人公は高校2年の八木悦子。主な登場人物は、親友・遠藤優子、悦子が無意識に意識中の都築宏とその悪友・島木紳助の4人です。

文化祭で盛り上がり、バレンタインには勇気を出して告白。ホワイトデーに一喜一憂して、進路に悩む。そこにはどこにでもいる高校生の、どこにでもある生活が描かれている。

けれどそんな「普通」の話を、姫野カオルコが「普通」に書くはずなんてありません。本編を読んでからこのページを開いている人には語るまでもないことですが、解説から読む、という人のために説明すると『終業式』はすべてが手紙で構成された物語なのです。小説でいうところの「地の文」(一般的な小説で会話部分ではない部分)が一行もなく、全編が誰かからほかの誰かへと綴《つづ》られた文章で作られている。つまり、読者はその「手紙」から、登場人物の心情を読み取っていかなければなりません。

例えば『ひと呼んでミツコ』は、こんな「地の文」で始まります。

〈わたしは三子。私立薔薇《ばら》十字女子大英文科在籍中。〉

これを読めば至極当たり前ですが、この語り手が、三子という女子大生である、ということはわずか22文字で理解できます。そして大半の人は、あぁこの女が主人公なのね、程度のあたりをつけることは可能なはず。

一方、本書はどうでしょう。冒頭から16行も読んでも、理解できることは「学年で2番の佐伯さんが、3日間の謹慎になった」ということだけです。それを「悦子」が「ユーコ」に書いている。「悦子」と「ユーコ」とどうやら同じ学年の有名人であるらしい「佐伯さん」はどれぐらい仲がいいのか。この手紙は家で書いているのか、授業中の暇つぶしなのか。ノートに書いてるのか、レポート用紙なのか。それ以前にいったいこれはいつの時代の話なのか。

私は1968年生まれですが、初めてこの部分を読んだとき〈ドキがムネムネ〉〈サボ・サン〉という言葉で、なんとなく70年代後半ぐらい？　とは思ったものの、はっきりと断定できませんでした。〈マッチじゃなくてチルチルミチル〉というのも即座にはピンとこず、うっかり頭の中に近藤真彦と城みちるを思い浮かべてしまい、その年代差に困惑。もう一度読み返し〈白昼ドードー〉〈常習〉そして〈三日間の謹慎〉からタバコという単語を連想し、〈チルチルミチル〉＝元祖100円ライターという答えにたどり着いた次第。

〈DJリクエスト大会〉〈フィーリング・カップル5対5〉〈『赤い疑惑』〉〈パーペキ〉〈アタック〉。どうやら「悦子」は「都築くん」が気になるらしい。でも自分では認めたくないんだな。おお、「ユーコ」は「優子」って書くのね。〈セイヤング〉〈ツェッペリン〉〈ディープ・パープル〉。あぁ「優子」の苗字《みようじ》は「遠藤」なんだ。で、「優子」と「島木」は同じクラス、と……。「地の文」がない本書は、こんな調子で少しずつ、頭の中で整理しながら読み進めていかなくてはなりません。結局、これは1975年の話なのだ、と判明したのは読み始めて50ページも過ぎた頃。気の短い人ならウッキー！　と叫びたくもなるかも。

さらに本書の手紙は差出人の名前が文章の後に記されているため、誰から誰への手紙なのかも、推測しつつ読むことになります。前の手紙で「優子へ」と書いてあったからといって、次の手紙の差出人が優子とは限らない。同じ差出人が何通も続くこともあれば、前の手紙とは差出人も受取人も違う手紙が挟み込まれていたりもする。この辺の構成は実に見事なのですが、初読の際には予測不可能で翻弄《ほんろう》されっぱなし。おのずと読むスピードは遅くなるというもの。

けれど、このゆっくり整理しながら読んでいく感じ、が、だんだんと意外な効果をもたらしてくれます。それは「あの頃」へのトリップ感。文字間を、行間を読むうちに、自分の高校時代の記憶がゆっくりと蘇《よみがえ》ってくるのです。

セーラー服や星形に折って回した手紙、夏の教室の匂い、窓から眺めた秋の校庭、部活で流した汗、休み時間に編んだマフラー、卒業式に流した涙――。

実はこうした記憶を蘇らせるというのは、ただ「懐かしさ」を感じさせるアイテムをちりばめただけでは大した効果は出せない。姫野カオルコが巧《うま》いのは、そうしたキーワードにこれでもかと普遍的なエピソードを盛り込んでいることです。男性経験豊富そうな「加賀美先生」に対する悦子の嫌悪感。悦子が都築に贈ったバレンタインのチョコに添えた手紙のもってまわった言い回し。返信となる都築の手紙の若さゆえの鈍さ。「KISSを許す」という感覚……。恐らく自分の過去と重ね合わせ、痒《かゆ》さに身悶《みもだ》える人も少なくないはず。

このキーワードとエピソードを絶妙のバランスで織り込みながら、最終的に本書では1995年の9月までの4人を段階的に追っていくのですが、特筆すべきはその中心にいるのが悦子である、ということ。自分の殻を破りきれない屈折したところのある優子ではなく、悦子はごくごく「普通の女の子」。根っからの妹気質でそのくせ計算高く、頼らせて、甘えさせて、だって私、女の子なんだもん、という態度を堂々ととるのも、この時代の「普通の女の子」ならでは。正直、うざいっちゃぁうざいのですが、多くの読者に嫌悪感と嫉妬《しっと》の入り混じった複雑な感情を抱かせるのも、日本中に悦子のような少女が溢《あふ》れていた証《あかし》。ある意味、近親憎悪に近い。

本書は、そんな「普通」の彼女を中心に置くことで、すべてを手紙で構成する、という物語の複雑さのバランスをとっているわけです。彼女が主人公で、こっぱずかしいことを次々にやっちゃってくれるからこそ物語が動いていく。これで優子を主人公にしていたら、話は狭く深く進んでしまい、恐らく読者の眉間《みけん》に皺《しわ》はよりまくり、かなりの途中脱落者が出たに違いありません。

さらに、忘れてはならない本書のもう1つのポイントは、作中で結局〝出されなかった〟手紙の存在。優子が都築に、都築が優子に。悦子が毅に、昌志に。真美が都築に、そして都築が淳に、出すつもりはなく、けれど書かずにはいられなかった手紙。出すつもりで、だけどやっぱり出せずに破り捨てた手紙。個人的には昌志が悦子に書いた〝出せなかった〟手紙の1通目（別れた後）と2通目（再婚を聞いた後）の違いに興味を惹《ひ》かれました。

優子や真美の出した手紙と出さ（せ）なかった手紙も、ぜひともじっくり味わって欲しいもの。

最後に。2003年の秋に刊行された『ツ、イ、ラ、ク』は、姫野カオルコの恋愛直球勝負作として、非常に興味深く、話題にもなりました。

この作品で初めて姫野カオルコの小説を読んだ、という人も決して少なくないと思われますが、そんなあなたは幸せです。姫野カオルコの七色の変化球をこれから見定めていくことができるのですから。

いやいや姫野カオルコの作品はもうほとんど読んでます、『ツ、イ、ラ、ク』だって当然もう読みましたよ、というあなた。その後本書を初めて、もしくは久しぶりに読んでいかがでしたか？　私は、物語の懐かしさとはさらにまた別の意味で、「あぁそうだった。懐かしいな」という感想を持ちました。

この姫野カオルコが、確かに今の彼女へ繋《つな》がっているんだ、という確かな手ごたえ。

これから先も、姫野カオルコという作家を〝判る〟ことは難しいかもしれないけれど、自分なりに〝解る〟ことはできそうな気がする。例えば私は、本書のタイトルを「卒業式」ではなく「終業式」としたような著者のセンスをいいな、と思うのですが、それはたぶん私だけの〝解〟。

誰にでも同じように〝判る〟作家なんて、まったく魅力がないと思います。

本書は一九九九年三月、新潮文庫として刊行されました。

終業式《しゅうぎょうしき》

姫野《ひめの》カオルコ

平成16年 2月25日　初版発行
平成26年 1月30日　3版発行

発行者●山下直久

発行所●株式会社KADOKAWA
〒102-8177　東京都千代田区富士見2-13-3
電話 03-3238-8521（営業）
http://www.kadokawa.co.jp/

編集●角川書店
〒102-8078　東京都千代田区富士見1-8-19
電話 03-3238-8555（編集部）

角川文庫 13255

印刷所●株式会社暁印刷　製本所●株式会社ビルディング・ブックセンター

表紙画●和田三造

ISBN978-4-04-183511-1　C0193